阪急電車

有川 浩

阪急電車

阪急宝塚駅は、梅田（大阪）へ直接向かう宝塚線と、西宮北口で神戸線へ連結する今津線が『人』の形に合流している駅だ。これにＪＲ宝塚線も乗り換えができるようになっており、やや地方の山間としては鉄道の三線が合流するささやかに大きいジャンクションとなる。

関西圏では大きな私鉄グループとなる阪急は、えんじ色の車体にレトロな内装が個性的な車両を各沿線に走らせており、鉄道マニアの人気が高いことはもちろん若い女性からも「かわいい」と好評を博している。女性観光客などは「オシャレ！」とびっくりするほどだ。

そしてこの物語は、そんな阪急電車各線の中でも全国的知名度が低いであろう今津線を主人公とした物語である。

目次

西宮北口方面行き——**宝塚駅**

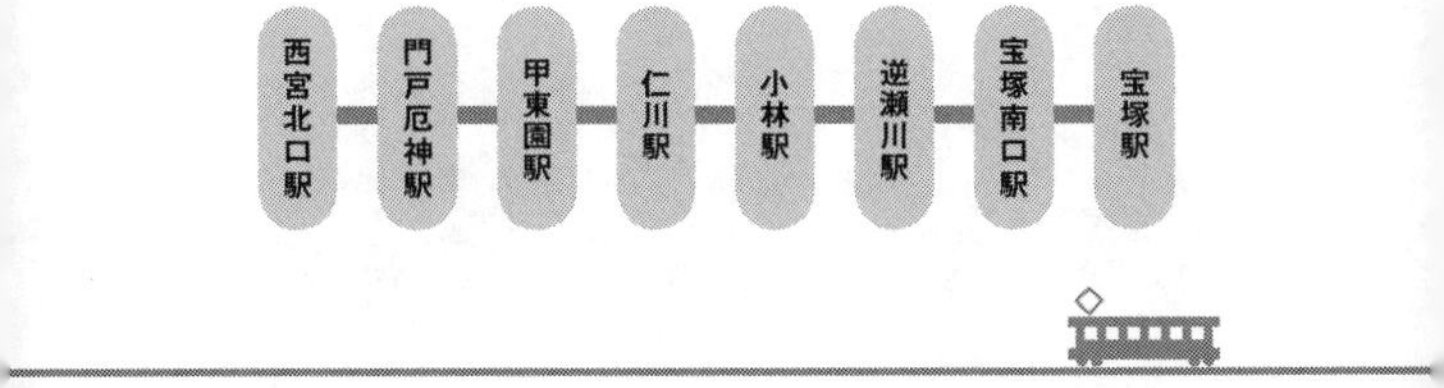

*

電車に一人で乗っている人は、大抵無表情でぼんやりしている。視線は外の景色か吊り広告、あるいは車内としても何とはなしに他人と目の合うのを避けて視線をさまよわせているものだ。そうでなければ車内の暇つぶし定番の読書か音楽か携帯か。

だから、

一人で、

特に暇つぶしもせず、

表情豊かな人はとても目立つ。

その日、征志（まさし）が宝塚駅から隣り合わせて座った女性は、征志の側から一方的に見覚えのある人だった。

今津線から阪急宝塚線に乗り換えて一駅の清荒神（きよしこうじん）駅に、宝塚中央図書館がある。勤め人となって五年目の征志がほぼ二週間に一度のペースで通う図書館だ。読書が好きということもあるし、仕事の下調べのときもあるし、彼女がいないので友達と遊ぶ予定がない休日にこれといった行き先がないということもある。

その頻度で通っていれば職員はもとより、利用者にも数人は見覚えのあるのが出てくる。ああ、あの口うるさいじいちゃんがまた職員を困らせてるな、等々。

手入れのいいロングヘアのその彼女を覚えていたのは、一度本の争奪戦に敗れたからだ。

話題の新刊がたまたま棚に戻っていた。

まだ発売して一ヶ月ほどなので、これは相当運のいいことである。迷わず手を伸ばしたところ、さっと横からかっさらわれた。

負けに思わずむっとしてかっさらった本人を見ると、若い女性でけっこう征志のタイプだった。文句でも言おうと思っていた気持ちが萎(な)えた辺り、男は弱い。

彼女は征志から本をかっさらったことにも気づいていないらしく（つまりは本しか目に入っていなかったようで）、征志からすると『奪った』本をほくほくと胸に抱え込んだ。しばらく見張ったが手放すつもりはないらしく、数分の追尾で諦(あきら)めた。

そのとき彼女が持っていたのが、国際的ネズミのキャンバス地のバッグだ。彼女が持つには少し子供っぽいような気がしたが、多分これが彼女の持っている中で一番丈夫な――言ってしまえば雑に扱える鞄なのだろう。図書館で限度冊数まで本を借りていたら華奢(きゃしゃ)な鞄はすぐ傷んでしまう。

ということは、かなり頻繁に通っているんだろうな。

その予想はドンピシャで、征志もかなりのペースで図書館に通っているほうだがそんな中で彼女を見かける頻度は上がった。目印はパカッと口を開けて笑っているデカネズミのプリント鞄。悔しいことに好みのタイプでもあったので目が捜し慣れるのも早かった。

一度負けたことがあるので征志にとって彼女はライバルで、彼女の姿を見かけると何はさておきめぼしい棚を先回りして漁(あさ)る。

というのは、どうやら好みの作家や興味の傾向が似ているらしいと観察の結果気づいたからだ。

それでも彼女は征志が「あ、あれはちょっと面白そうだな」と思うような本を発掘してくるのが巧(うま)く、抱えている本にいじましい視線を投げることも度々である。返ってきたら借りようと思うのだがわざわざタイトルをメモに取るのも悔しく、結局忘れてしまうことばかりだった。

だが遭遇するのは図書館の中だけで、帰りの電車が一緒になることは今までなかった。

清荒神駅から宝塚駅へ向かう電車の同じ先頭車両に彼女は乗ってきた。今日も能天気に笑っているネズミの鞄はパンパンだ。革のデイパックをパンパンに膨らませている征志も人のことは言えないが。

気づいているのは一方的に征志だけである。

終点の宝塚駅では選択肢が三つある。そのまま降りる、ＪＲに乗り換え、同じ構内の『人』の字のもう片方の出発点である西宮北口駅（通称西北）行きに乗り換え。

まさか、西北じゃないよな。しかし、彼女は電車が構内に入ると向かいのホームを気にしはじめた。

到着してから彼女は案の定、構内の向かいに停まっている電車に小走りに駆け寄った。休日は仁川の阪神競馬場開催の関係で、四本並んでいる線路は梅田―宝塚行きと西宮北口―宝塚行きが向かい合わせに使用されていることがある。そして、乗り換えの時間はごくわずかだ。

同じ路線かよ――と何となく歯痒いような苛立つような。目が彼女を追ってしまうその歯痒さが敢えて彼女が駆け込んだ車両とは別の車両を選ばせた。

征志の乗り込んだ車両は座席がほどほどに埋まっている程度の混み具合だった。立っている人はちらほら。借りてきた本も重いことだし、征志は空いている座席に陣取った。

と、彼女が乗り込んでいったほうの車両から連結のドアが開いた。現れたのは当の彼女だ。席空いてないかな、という風情で走り出した電車の中を揺られながら歩いてくる。

空いている席は征志の左隣、そして後いくつか。彼女は一番近かった征志の隣に迷わず座った。

何だか奇妙な偶然がジェンガの如く重なり合っているが、相手を個別認識しているのはあくまで征志のほうだけだ。

妙に意識するのも嫌なので、借りてきた本を早速出して開いた。

と、彼女はページをめくりはじめた征志の横で妙な挙動をした。膝に重たい国際ネズミのバッグを抱えたまま、体を捻って電車の窓を大きく振り返ったのである。征志のほうに体を捻ったので、窺おうとしなくても勝手に彼女の表情が窺える。

彼女はわくわくしているような笑顔で高架の下の景色を見下ろしている。

何だろう？　釣られて征志も高架下を窺った。電車が武庫川に架かった鉄橋を渡る。

「あ？」

思わず声が漏れた。鉄橋を渡り終える寸前の川の中洲に、

『生』

その一字が決して小さくはない中洲の面積をほとんど使い切るほどの大きさで書かれて

――というか、積まれていたのである。つまり、石を積んでその文字を立体的に造型してあるのだ。

バランスといい大きさといい、見事なまでのオブジェとなっている。

「すごいでしょ？」

声をかけられたのが自分だということには、電車が鉄橋を渡り終えてから気がついた。遠くから斜めになっても『生』の一字は確認できるほど巨大だ。

征志が返事をしかねている間に、彼女は一方的に話を続けた。

「私が見つけてからもう一ヶ月くらい経つんですよ。すごいですよね」

気づくあんたもすごいけどな、と内心で呟く。わざわざ見下ろそうとも思わない中洲のいたずら書き（？）に気づく着眼点は下らないけど大したものだ。

「何がすごいと思います？」

話を振られて、征志は戸惑いながら答えた。

「……やっぱり造型かな。線もよれてないし高さもピシッとそろってて、重機でも使ったみたいや。イタズラやとしたら相当根性入ってるんちゃうかな」

「私はね、字の選択のセンスがすごいと思うんです」

彼女は嬉しそうに喋った。

「全部直線で構成できる文字なんですよ。だから造りやすいの。それでいて、一字で目に入ったときのインパクトがすごいでしょう？　初めて見つけたとき、生ビールが呑みたくなっちゃった」

「『なま』って読むんかな。俺、生死の『せい』かと思った」

「あ、そっちにも読めますね。どっちのつもりで作ったんでしょうね」

「気になるんやったら市役所にでも問い合わせてみたら？　もしかしたら河川工事か何かの準備かもしれませんよ」

「あ、それは嫌なんです」

　彼女は口を引き結んで首を横に振った。

「工事の下準備ですとか、イタズラなので撤去しますとか、現実的な答えが返ってきたら台無し。できればイタズラだったらいいなぁって。こんなにインパクトがあって、誰にも迷惑かからなくて粋なイタズラ、滅多にないから。意味とか分かんないままでいいから、ずっとあそこにあったらいいなあって」

　それもそうだな、と思ってしまったのは彼女の話術に飲まれている。

　誰も気づかないかもしれない、でも誰かが気づくかもしれない。仕掛けるだけで結果は見えないイタズラ。そんなことを思いつく奴がこの市内に住んでいると思うと、ちょっと楽しい気分になった。

「……読み方、『なま』のほうやったらええな」

呟いた征志に彼女は首を傾(かし)げた。

「『せい』やったら、何かどうしても『生きる』とか『生死』とか想像してしまわへん？　そしたら、あれは楽しいイタズラやのうて何かのメッセージとか、……祈りかもしれんって思ってしまう」

楽しげだった彼女の表情がみるみるしょんぼりしてしまった。

うわ、失敗した。そうは思ったものの後の祭りだ。

せっかく珍しいものを見つけてわくわくしていた彼女をがっかりさせるつもりなど毛頭なかった。たとえ最初に本の争奪戦に負けた因縁があったとしても、こんなところで意趣返しするのは本意ではない。

「そう……ですよね。無意味で楽しいイタズラとは限らないんですよね。もし身内に体の悪い人がいたらその家族が祈るような気持ちで造った字かもしれないんですよね」

「そ、そんなことないって！」

征志は必死で執り成した。

「よう考えてみいや、この沿線って神様やお寺さんの過密空間やで」

　宝塚線方面には巡礼街道と呼ばれる古い街道があり、宝塚駅の次から三駅は寺社仏閣を一つずつ抱えている状態だ。宝塚中央図書館の最寄り駅である清荒神からして清荒神寺の麓だし、さらに次の駅はややマイナーだが地元に支持の根強い売布神社、もう一つ先には大勢力の中山寺が控えている。

　挙句、今津線を西北側に向かうと、西北の一つ手前の門戸厄神駅にも門戸厄神が盛況だ。

　家内安全、快癒祈願、学業成就に安産祈願何でもござれである。

「自分で考えた妙な願掛けするより、寺社仏閣にお参りしたほうが早いって！　どこでも選び放題やん！」

「そうでしょうか」

「それに可能性だけやったら何ぼでも考えられるよ、遊び心のイタズラからそういう祈りとか、逆に呪いとか」

「呪い⁉」

　彼女が食いついた。

「どこからそんな発想が⁉」

「いや、もし『せい』で読むんやとしたら、川が流れてる中洲に『生』の字を書くのって『生』を水に流すって感じでオカルトとかホラーっぽくない？　そういうのにかぶれてる学生さんとかがやりそうな感じもするよね」

「わぁ、全然思いつかなかった」

　彼女が悔しそうに頭を抱える。

「私、一ヶ月も前から気づいてたのに。一回見ただけの人に推測数で負けるなんて」

「……意外と負けず嫌いやね」

「だって、何て楽しいイタズラだろうって思い込んじゃって、それ以外のことは全然」

　最初に本の争奪戦では負けたが、いい子だなと思った。

　意味不明の中洲の一文字を見て、彼女は一番楽しくて一番誰も傷つかない解釈を無条件に思いつき、生ビールを呑みたくなったのだ。

　次は逆瀬川（さかせがわ）、と車内アナウンスが入った。気づかないうちに間に挟まっている宝塚南口駅は通り過ぎていたらしい。

「あ、私ここなんで」と彼女が軽く会釈する。

「逆瀬川かぁ、俺も住みたかった街やなぁ。引っ越しのときまずここで探したんやけど、物件が見つからへんかってん」

　関係ないのに不意にそんなことを言ってみたのは、もう少し彼女の声を聞きたかったのかもしれない。

「え、何でですか？　私、駅近ですぐ見つかりましたよ」

「逆瀬川って宝塚劇場が近いやろ。そやからファンの人がたくさん住みたがるんやって。不動産屋に探してもらったけど、女性専用か家族向けの物件しか見つからへんかってん」

「へえー、そうだったんですか。市役所もあるし、便利なところなんですけどね」

いよいよ電車が減速に入り、彼女が席を立った。

それじゃ、と手を振る彼女に手を振り返す。

「俺も今日生ビール買って帰るよ。君の説を支持するわ。一番楽しいもんな」

すると扉に向かいかけていた彼女が笑顔で振り向いた。

「この次会ったとき、一緒に呑みましょうよ。私、缶じゃなくてジョッキでいきたかったんです」

え、次なんて言われてもそんなの、と征志はうろたえた。連絡先も交換していないのに。

というか、彼女にしたら自分は見知らぬ他人で、たまたま彼女のお気に入りのイタズラに一緒に気づいたから何となく話が続いただけだ。

「中央図書館。よく来てるでしょう。だから、次に会ったとき」

啞然とした瞬間に電車は停まり、開いたドアから彼女は軽やかな足取りで出て行った。

エスカレーターは使わずに階段を上っていく、その肩にかかったぱっくりと口を開いて笑っているネズミの鞄。

重そうに揺れるそれを見送りながら、征志は思わず口元を押さえた。

向こうからも気づかれていたのだ、と思うと柄にもなく顔が赤くなった。

次に会ったとき。

曜日は土曜日。特に時間を固定しなくても何となくの昼下がり。

不定期に遭遇すると分かっているのは自分だけだと思っていた。

いつ。どこで。

自分が逆にロックオンされたきっかけは何だったのか、知りたくて走り出したいような気分になった。

ジョッキでいくなら――今日やろ！

征志は席を立ち上がり、ホームに飛び降りた。

満面の笑みのネズミはまだ長い階段を半分も上ってはいなかった。追い着くために征志はその長い階段を二段飛ばしで駆け上がりはじめた。

宝塚南口駅

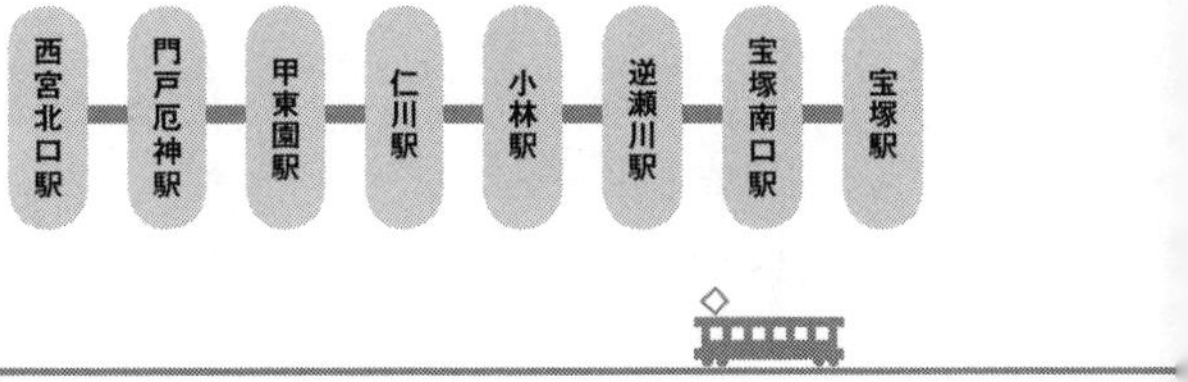

再開発なんていつかかるのか、という寂れた駅が宝塚南口だ。

宝塚も宝塚から二つ隣の逆瀬川も、更には同じ沿線のどの駅もそれなりに生活感のある発展をしているのに、その波に一つだけぽつんと置いていかれたような駅である。

数年前は寂れて歯抜けだらけではあったが二階建てのショッピングモールがあったのに、再開発計画で残っていたわずかな店が立ち退(の)かされた後は何も進展していない。

ほぼ唯一、と言ってもいい目玉が宝塚ホテルだ。宝塚ファンには特に格式のあるホテルで、宝塚スターを見かける率も高いという。

＊

滑り込んできた西北行きの電車に乗り込んだ翔子は、まるで威嚇(いかく)のようにヒールの音を鳴らしながら車両に入った。車内は混んでいないが座席はほとんどが埋まっており、白いドレスを着ていた翔子は扉の近くに立った。無理に空いている席に腰を下ろすと、決して安くなかったドレスのスカートに皺(しわ)が寄ってしまう。

宝塚ホテルの刻印の入ったいかにもな引き出物袋を無造作に足元に落っことす。中身が割れ物でも構うものか。そもそも嬉しげに引き出物を持って帰るような式なら、真っ白のドレスなんか着てはこない。ウェディングドレスもかくやという翔子の白いドレスを見たときの新婦の顔は忘れられない。大事にココロのアルバムにしまっておこう。白は花嫁の色だから、ゲストは白いドレスを着てはいけない。結婚式の基本中の基本のドレスコードである。パーティー用に結った髪に挿した飾りまで純白にしてやったので、翔子は記帳の段階から周囲に白い目で見られていた。

白いドレスを着て白い目で見られる、シャレが利いていていいではないか。白い視線の数々を思い出し、唇の片端だけ吊り上げるように笑う。

まさかあんたにこういうことをされるなんてね。

同じ会社に入社して五年目。新郎とは入社して半年目から付き合っていた。社内公認のカップルで、三年目が過ぎたころから社内の人間は誰もが新郎と翔子がそのうち結婚するものだと思っていた。

新婦とは同期の友達だった。もちろん過去形。いつから過去形だったのか翔子の側からは知るよしもない。

目鼻立ちが派手で性格もてきぱきした翔子と違い、新婦はごく平凡な女の子がそのまま平凡なＯＬになったような女子だった。

研修のときに班が一緒だった縁で一方的に懐かれた。人見知りしない翔子は社内に色々と友人やツテができたが、新婦はそんな翔子の作る輪の中にいつもひっそりと入っているような、そんな女子だった。

何であの子と友達なの？　タイプ全然違うよね。新婦のいないところで、はっきりそう訊かれたこともある。

何でも何も、翔子だってきっかけは覚えていない。研修のとき大人しいタイプの新婦に頼られ、気がついたら既に懐に入り込まれていた感じだ。一緒にいて別段不愉快なタイプでもないし、仕事の手は早いほうではなかったが足を引っ張るほどでもないので何となくそのまま付き合いが続いていた。翔子の側はあまり意識していなかったが、新婦はいつも翔子の近くにいた。

新郎と付き合いはじめたとき、人づてに耳に入ったのか「〇〇さんと付き合いはじめたの？」と訊かれたことがあった。

うん、まあ。

あまりプライベートなことを人に言いふらしたいほうではないのでそう答えると、

「どうして言ってくれなかったのー？」

と、軽く責める口調で言われた。

「私たち友達じゃない」

その理由を聞いたときに、一瞬、ほんの一瞬、――うざいな、この女。と思った。

今にして思えばそのとき距離を取ればよかったのかもしれない。だが、そのときは同じ社内で揉める火種を作らない賢さを選んだ。

あのとき切っておけば、などという不可逆性の前提は考えても無駄だから考えない。

*

「呪い!?」

近くの席から驚いたような女の声が上がった。その声の高さと言葉の不穏当さで思わず見ると、近くの席に座った男女だった。二人とも私服だが社会人風なことは見て取れる。二人ともやけにパンパンに膨らんだ鞄を抱えているのが印象的だった。

「どこからそんな発想が!?」

「いや、もし『せい』で読むんやったら……」

彼女のほうは興味深そうに食いついたが、彼氏のほうはどうやら彼女よりも周囲を意識しているようで、自然と話す声を低くする方向で彼女のテンションを落ち着かせた。中々やる。もう翔子の位置からでは彼らの会話は聞こえない。

呪いか。

思わず翔子は吹き出した。

自分たちも呪い合戦のようなものだったのかもしれない。

そしてこの白いドレスは呪いの仕上げの衣装だったのだ。

*

彼との付き合いも五年目に入り、いよいよ結婚を視野に入れた話し合いが多くなった。

お互いマリッジブルーが入り、喧嘩も増えたしすれ違いも増えた。

でもそんなものは一過性で、式を挙げてしまうまでの我慢だと既婚の友人は言ったし、翔子もそれを信じていた。

ただし、それはマリッジブルーにつけ込む者が周囲にいないという前提での話だった。

彼は嘘が巧くなかったし、浮気されていることは勘で分かった。お互いに不安定な時期だから、白状するにしても黙っているにしても許そうとまで思っていた。

だが、呼び出された店で彼の隣にあの大人しい女がいたときは愕然（がくぜん）とした。

——お前か、と。

「別れよう」

その台詞（せりふ）が何故自分に向かって切り出されるのか。まったく訳が分からなかった。

「どういうことなの」

敢えて彼ではなく彼女に向かって問いかけたが、彼女は怯（おび）えたように彼に身を寄せた。

彼が黙って机の上にピンク色の手帳を出した。彼女の名前の——母子手帳だった。

呆（あき）れて一瞬ものが言えなかった。

「……あんた、結婚準備中に浮気したあげく、生でやったの⁉」

言葉を選ぶ余裕もなくいいだけ下世話になった台詞に、彼女が泣きながら割って入った。

「ごめんなさい、私が悪いの。避妊しなくてもいいって、私が言ったの。もし妊娠したら堕（お）ろすから迷惑はかけないって」

それを——真に受けたのかこのバカは。

まずここで一挙に冷めた。自分の付き合っていた男が、結婚まで考えていた男がこんな浅はかなバカだったことに。

「それであんたはホイホイその誘いに乗ったわけ。妊娠しても堕ろしてくれるならいいやって。どんだけ最低か分かってる？」

ああ嫌だ。周り中の客が聞き耳を立てているのが分かる。こんな薄汚いバカどもと一緒くたに見られることが屈辱だ。

「それで、そっちは」

彼女のほうを顎でしゃくると、女同士には見え透いた嘘泣きのままで話を続けた。

「でも子供ができてみるとやっぱり……私、入社したときからずっと○○さんのこと好きだったし、認知されなくてもいいから一人で産んで育てたいって」

ウソを吐け。本当にそんな決意があれば黙って消える。相手がほだされるのを見越したうえで同じ台詞を彼の前でも言ったのだろう。

せめてほだされる男であったことを喜べばいいのか悲しめばいいのか。

「お前はしっかりしてるし一人でも生きていけるだろ」

安い歌謡曲のような台詞をあたしに向かって吐くな。あたしが一人で生きていけるなら、何であんたと五年も付き合った。何でマリッジブルーに罹る程あんたと必死で向き合った。

「でも彼女は身重だし、おとなしくて家庭的な性格だし……俺の子供を身籠もってるって分かってるのに、知らんふりしてお前と幸せにはなれないよ」

騙されやがってバカ、あたしの友達を公言してたくせに体を使ってあんたを寝取った女が家庭的でおとなしい、か。

「それにお前泣かないじゃないか。こんなことになっても。彼女はこんなに泣いてくれるのに、お前はそうやって怒って責めるばかりじゃないか。お前がもっとかわいげあったら……」

「最後まで言わないほうがいいわよ。ますますサイテーになるし彼女とも台無しだから」

翔子の忠告で彼も気づいたらしく口をつぐんだ。

もしお前がもっとかわいげのある女だったら、お前を選んで彼女には迷わず中絶を要求しました。

もういい。

「ひとつだけ条件を飲んだら別れてあげるわ。でも、これを飲まなかったら婚約不履行で訴える」

五年も付き合った挙句、何ヶ月も結婚準備までしたのだ。彼の懐具合は把握している、出来婚したうえ婚約不履行で争って慰謝料を払うほどの余裕はない。

ごくりと唾を飲んで待ち受ける二人に翔子は宣告した。

「結婚式には必ず呼んで」

夢見がちな女だった。どんな形になっても結婚式は必ず挙げる。

初めて彼女は、本気で泣きそうな顔になった。それまでの涙まで流した泣き顔が作り顔だと分かるほど。


彼と彼女が各部署へ結婚の挨拶に回ると、上司たちは一様に怪訝（けげん）な顔をした——というのは、各部署の翔子の人脈からの情報である。彼女が寝取って子供ができたので彼が翔子を捨てた、という話もその人脈で社内中に広まった。

翔子はただ悲壮な顔をして毎日の業務をこなせばよかった。それだけで彼らの株は右肩下がりだった。もともと翔子は勤務評価が高かったので、上司たちの同情も強かった。

あたしにくっついてたら何かと都合がいいと勝手にコバンザメになった挙句、結婚寸前の男を奪っていった調子のいい女と、まんまと奪われたバカな男。

このまま調子よく幸せになれると思うな。

結婚式は身内だけで、という形にしてごまかしたらしい。「君の結婚式に呼ばれるのを楽しみにしていたんだが、相手が違ってしまってはねえ」と露骨な厭味（いやみ）も上司から飛んでいたようだ。

そして今日。

身内とお互いの個人的な友人だけというこぢんまりとした式で、翔子は新婦友人として呼ばれていた。

シンプルなウェディングドレスと言ってしまってもいいほどのデザインの白いドレスは、受付から悪目立ちした。そして翔子の知り合いは一人も呼ばれていない式だ。

熱の薄い式だった。新郎と翔子には当然のことながら共通の友人がいるが、新郎は今後の体裁を優先して、翔子が会ったことのない二線級の知り合いしか呼ばなかったらしい。呼ばれたほうもご祝儀や何かで災難だ。

そして新婦の友人もあまり新婦と親しくないようだった。会社では翔子のコバンザメをやって群れの中に入り込んでいた。恐らく学生時代も同じように過ごしていたのだろう。

「すごいドレスですね」

好奇心丸出しで訊かれて、翔子はにっこり笑った。

「新郎を寝取られて子供まで作られた元婚約者としては、これくらいの嫌がらせ許されるでしょう？」

きゃあっと盛り上がったテーブルの女性たちは、多分新婦を友達とは思っていない。

そのときほど自分がそれなりの美人に生まれてよかったと思ったことはない。新郎新婦が入場して各テーブルを回りはじめたときである。

プロのブライダルメイクの技倆（ぎりょう）を以（もっ）てしても、新婦よりも翔子のほうが華やかだった。デザインの凝った白いドレスを着ていればなおさらである。

新婦の顔が大きく攣（つ）った。鬼のような形相（ぎょうそう）で新郎を振り返ったのは、その瞬間の新郎の視線の先を確かめたのだと翔子には分かった。

新郎は——

その瞬間、確かに翔子を見つめていた。今日の新婦の奸計（かんけい）に嵌（はま）らなければ自分のものになっていたはずの女を。

「お幸せに」

会釈した翔子にテーブルの女性たちがいかにも意味ありげに「おめでとー！」と軽い声を口々に重ねた。

カメラマンが招待客と新郎新婦の写真を撮ろうとしたとき、新婦の鋭い声が響いた。

「このテーブルは要りませんッ！　撮らないでください！」

やっだ感じワルー。あたしたち何かした？　呼ばれたからせっかく来てあげたのにー。

新婦をちくちく針で刺す役目はテーブルの女性たちがやってくれた。元々品がよくないのか、翔子の事情を察して立ち回ってくれているのか。それはもうどっちでもよかった。翔子だって今日はもう徹底的にこの二人に対して品の悪い女になることを決意して出てきたのである。

司会者が、新婦の母親がここで式を挙げたので新婦もぜひにという希望でこのホテルを選んだ逸話を紹介した。そんな美談になんか酔わせてたまるか、とさっきの悶着が余計に清々した。

と、ホテルの会場係がスライドショーの暗がりに紛れて翔子に近づいてきた。恐れ入りますが、と差し出したのは黒いショールだ。

「花嫁様が、お客様のお召し物がどうしても華やかすぎるので、羽織り物を羽織って頂きたいとのことでございます」

「分かりました」

ここらが潮時だろう。翔子は静かに席を立った。

「途中で申し訳ありませんが、私は帰らせて頂きますので案内をお願いします」

詳しい事情は一切訊かず、即座に出口へ案内したこのホテルの会場係はレベルが高い。

暗幕に紛れて外へ出た翔子に引き出物の袋が差し出された。断ろうとしたが、会場係は慇懃に頭を下げた。

「お渡しし損ねたとお叱りを受けるのは私どもでございますので、何とぞこらえてお受け取りください」

経験上、大方の事情は察せられるのだろう。こらえて、とまで言われて突っぱねるのも大人げない。仕方なく受け取り、翔子はホテルを後にした。

＊

逆瀬川のアナウンスが入り、さっきのカップルの彼女のほうが腰を上げた。

「この次会ったとき、一緒に呑みましょうよ。私、缶じゃなくてジョッキでいきたかったんです」

彼のほうが怪訝な顔になる。

「中央図書館。よく来てるでしょう。だから、次に会ったとき」

そして彼女は律動的な足取りで電車を降りていき――

迷った気配は一瞬。彼は電車を飛び降りた。そのまま彼女を追って階段を駆け上がっていく。

どうやらカップルではなかったらしい。

やだな、と翔子は小さな声で呟いた。

「いいもの見ちゃった」

恋の始まるタイミングなんて。――今きつすぎる。

今の翔子はあの新郎新婦を幸せにするものかという呪いでどろどろだ。新郎は既に社内評価を大幅に下げているがこの不景気で転職もままならず、新婦もすぐに退職できるほど余裕はないが女子には爪弾き（つまはじき）にされている。

人の噂も七十五日とはいうものの、彼らが生々しく踏みにじった翔子が社内にいる限り、噂は決して風化しない。

決して辞めるものか。あの二人を楽にしないために決して辞めるものか。そんな決意が歪（ゆが）んでいることは分かっている、だが人を恨んでも呪っても詮無（せんな）いなんて正論は今は翔子を楽にしない。

分かっているのはただひとつ、今辞めたら負けだということだけだ。少なくとも新婦が辞めるか産休に入るまで（産休に入ったら恐らくそのまま辞めるタイプだが）。

空席を探しながらか隣の車両から渡ってきたおばあさんと女の子の二人連れ、女の子が翔子を指差して「花嫁さん」と嬉しそうに声を上げた。

その瞬間、こらえる間もなく涙が瞼（まぶた）を乗り越えた。

そうよ、あたしは花嫁さんになりたかったのよ、五年も付き合ったあの男の横で。惰性や妥協で恋が始まったんじゃなかった。今さっき電車を飛び出していったあの彼と、彼が追った彼女のように。少し頼りないけれど優しい彼が好きだった。結婚準備のときはその頼りなさが徒（あだ）となったが、そんなマリッジブルーは一過性だと信じていた。

少なくとも、あの小狡（こずる）い女にあれほど彼に幻滅させられて終わりたくはなかった。新婦は、彼をただ奪ったのではなく、翔子と彼の五年間の恋を踏みにじって終わらせたのだ。

そんな男くれてやるわよと言わざるを得ないほどに踏みにじられたのだ。

花嫁さんなんかじゃないのよ、お嬢ちゃん。

花嫁さんみたいなこの白いドレスで、あたしはあの二人の人生が呪われろと強く強く願をかけたんだから。

逆瀬川駅

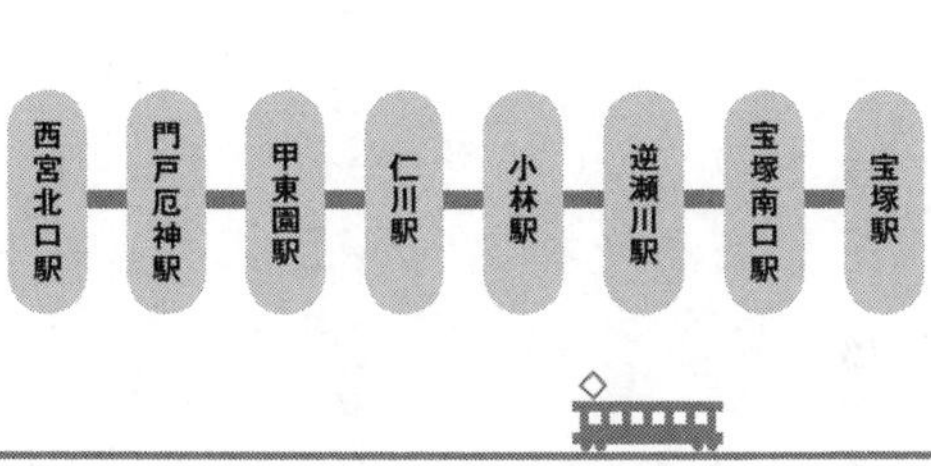

まぁ、かわいらしいこと。

*

時江は階段の途中に立っていた男女を見て目を細めた。

今日連れている孫娘も大好きなディズニーキャラクターの鞄を抱えたロングヘアの女性に、同年代の男性が懸命な様子で声をかけている。

「呑みに行くなら今日、どうかな。この後空いてない？」

どうやら長い階段を駆け上がってきたらしい、男性の声は息が上がっている。

「あ、でも彼氏とかおったら困るよな……」

「いませんよ」

女性が快活な声で答えてにっこり笑った。

「彼氏は募集中です。だから、あなたと呑みに行くことに関して差し当たっての不都合はありません」

「じゃあ」

「喜んでお受けします」

微笑（ほほえ）ましい恋の始まりを横目に見届けつつ「おばあちゃん、電車来てる！」と急（せ）かした孫娘の声に慌てて階段を駆け下りる。まだこれくらいの無理で足腰が不安になるほどの年ではない。

孫娘と車内に駆け込んで、はぁっと息をつく。駆け込み乗車を注意するアナウンスがなかったので、ドアが閉まるには少し余裕のあるタイミングで乗れたようだ。

「間に合ってよかったね、おばあちゃん」

口ばかり達者になってきた孫娘だが、私一人ならもっと余裕なのよとわざわざ言うのはおばあちゃんとして大人気ない。

今日は息子夫婦が映画に行きたいということで、孫娘の世話を時江が引き受けたのだ。そういうときは、閉園した宝塚ファミリーランドの跡地にできたドッグガーデンに行く。犬が大好きな孫娘を連れていくには手頃な施設だ。自分が犬を飼っていなくてもガーデンで飼っている犬と散歩ができる。帰りに逆瀬川で一度降りて、孫娘の大好きなこの界隈で一番大きな百均で（普通の店よりおねだりが通りやすいかららしい）おやつやオモチャを買うのもお約束だ。

「今日の子かわいかったぁ」

孫娘が言っているのはウェルシュ・コーギーだ。誰にも言っていないが密かに犬は好きなので孫娘より時江のほうが種類などは詳しい。

乗った車両には空席がなかったが、隣の車両にはありそうなので二人で手を繋いで移動する。

「おばあちゃん、今日もデコパージュ持ってきたの？」

「そうよ、新作よ」

「お母さん、もう要らないって言ってるよ」

子供の口に内緒は通用しないことを嫁はまだまだ分かっていない。あるいは娘の口から言わせているならそれはそれで大したものだが。

「要らなくても置いて帰っちゃう」

息子夫婦は時江を子守にちゃっかり利用するばかりで、数年前に夫を亡くした時江との同居はしれっと忘れているように言い出さない。歓迎されていない家へ入り込む気もないので、時江のほうからも言い出さない。

かといって関係が悪いわけでもないところが奇妙である。時江が息子一家のマンションに泊まっていくこともあるし、その逆に時江の家に息子一家が泊まりにくることもある。

亡くなった夫はローンを完済した家とささやかながら財産を遺してくれたので、時江が死んだらそれらは息子夫婦が継ぐことになるだろう。時江たちにとっては一人息子である。

介護が必要になったときのことを考えると不安がないでもないが、個人で保険もかけてあるし、食事にも運動にも気を遣っている。誰にも迷惑をかけずにぽっくり逝きたい、というのはこの年になるとごく自然に抱くようになる願いだ。

どうせ同居はないだろうから、ひとつくらいはわがままを遺してもいいかしら。と夫が亡くなってから考えていることがある。

死ぬまでに一度、犬を飼ってみたい。

散歩も義務づけられて健康的だし、時江より年配の老人でも小型犬程度は連れて歩いているのを見かける。時江に無理ということはないはずだ。

もし時江が看取れなくても、犬好きな孫娘がいることだし財産も譲ることだから、犬の一頭くらいは息子夫婦も面倒を見てくれるだろう。

そんなことを考えながら次の車両へ移ると、まるで結婚式場から逃げ出してきたような純白のドレスの女性がドアのそばに立っていた。かなり美人だが、まるで人を刺してきた帰りのような顔をしている。

犬も好きだがお姫さまや花嫁さん、レースにフリルも大好きなお年頃の孫娘が、彼女を指差して「花嫁さん」と声を上げた。

途端、その女性の目から涙がこぼれ落ちた。

訳ありだということは大人であればすぐに分かる。彼女の足元には地元では一流どころの宝塚ホテルの引き出物袋が置いてある。まともな常識を持った大人なら結婚式のゲストに呼ばれてこんな派手な白いドレスを着ていくことはない。結婚式のゲストが白いドレスなど、頭の弱い子ちゃんだと思われても仕方がないほどの暴挙である。

しかもこれほどの仕立てなら十万円を下ることはなかろうし、何より——孫娘の言葉に泣き出したその女性はごく理知的な雰囲気で、常識知らずでこんな真似をしでかしたようには思えなかった。

孫娘はすっかりその白いドレスが気に入ってしまったようで、立った彼女の隣に空いていた席にさっさと座ってしまった。その隣は空き幅が微妙で、必然的に時江は孫娘の前の吊革に摑まることになった。

孫娘は興味津々で泣いているその女性を見つめている。良くも悪くも好奇心旺盛な年頃で、彼女に「お嫁さん何で泣いてるの？」などと訊きはじめるのは時間の問題だった。

それならいっそ、先に大人同士の会話に持ち込んでしまったほうが彼女に恥をかかせずに済む。孫娘は大人の会話に口を出してはいけません、程度の躾は何とかされている。

「討ち入りは成功したの？」

時江の質問に、女性はしばらくしてからようやく気がついたように振り向いた。

「私のことですか？」

「そうよ。あなたに訊いたの」

素っ気ない喋り方は時江にとっては単なる素だが、女性は責められていると受け取ったようだ。

「非常識だと思っておいででしょうね、引き出物を持った女がこんな白いドレスで」

「勘違いしないでほしいんだけど、あなたを責めているわけではないのよ。むしろ非常識なのは私だと思ってもらって結構。他人の討ち入りの結果が気になって声をかけた単なる野次馬ババアよ」

女性は虚を衝かれたような顔をしてから小さく笑った。

「成功したかどうか分かりません。もしかしたらただ反感で結束を固めさせただけかも。ただ、結婚式を思い出すたびに、あの二人が私を思い出せばいい。人生最良の日になんてさせない。あの二人の結婚式を思い出したくもない一日にしてやると思って」

そこで言葉を区切った女性が、清々したように言った。

「私、寝取られ女なんです。彼と結婚準備を始めて、マリッジブルーですれ違ってる隙にまんまとやられました。確信犯で妊娠までしてしくしく泣かれたらどうしようもないですよね」

「昔からいるものよ、そういうちゃっかり女って。災難だったわね」

「変な人」

と、これは時江に向かっての感想らしい。

「普通は、どんな恨みがあっても相手を呪うようなことはするものじゃないって言いますよ。特にあなたくらいの年齢の方なら」

「それだけのことをされて相手を呪わずにいられるなんて聖人くらいのものよ。行動力があって後悔しない決意があるなら殴り返したほうがよほどすっきりするわ」

時江は窓の外に視線を流した。線路に沿ってずっと古びた家屋が並んでいる。

「呪うには呪うだけの覚悟と贖(あがな)いが要るものよ。あなたは我が身を傷つけてまで呪ったんでしょう、だとすればその決意に他人が賢(さか)しげに説教なんかできるものじゃないわ。そうでなくとも私はただの通りすがりの野次馬なんだから」

「……私、新婦より相当美人なんです」

「分かるわ」

そうでもなければこんな討ち入りには踏み切れない。

「私のテーブルに来たとき、新婦は鬼のような形相で彼を振り返りました。彼は私を見てました。今まで、五年間付き合って一番綺麗に装った私を見てました。……十年も経って、あの女が育児に家事にくたびれた主婦になった頃、彼が私を思い出せばいい。同じようにくたびれても程度がもっと上に違いないはずの——自分が手に入れられるはずだった私を思い出せばいい。人生最高に装ってあれだけ差がついた新婦と私を比べて思い出せばいい。そうして自分が浅はかに手に入れた家庭にくたびれたらいい」

人を刺してきたような顔をしていた彼女は、自分も刺されて返り血に塗(まみ)れていた。人が聞けば鼻持ちならない自慢にしか聞こえない台詞は、淡々とした彼女の吐血だ。

「他人に、どれだけ傲慢(ごうまん)で浅ましいことを言っていると思われても構わない。私はどんな手段を使っても、あの二人を呪いたかったんです。一生に一度の晴れの日を、一生に一度の呪われた日にしてやりたかったんです」

「いい根性だわ」

頷(うなず)いた時江は「ところで」と話題を変えた。

「新郎新婦とは同じ会社なの？」

「ええ」

「これは通りすがりの野次馬の無責任な忠告だから、話半分でお聞きなさい」

彼女は神妙な顔で聞き入っている。

「今は気の済むまで呪うといいわ。あなたが会社にいるだけで彼は肩身の狭い思いをするだろうし、それは彼の将来にも影響するわね」

新婦のことには敢えて触れなかった。そうしたちゃっかり女は出産後に復帰する可能性は低い、というのは時江の人生経験からも言えることだ。事情からしても復帰はしにくいだろう。人の恋人を寝取るための画策はできても、周囲の白い目に耐え続ける根性も度胸もあるまい。

「でも、気が済んだところでできれば会社を辞めなさい」

時江はそれ以上は説明せず、彼女も黙って聞いていた。頭のいいこの女性には、時江の言っていることは分かっているのだろう。

依存心の強い伴侶を抱えた新郎の人生を壊れるまで容赦なく追い詰めたら、今度は彼女が彼らから生涯の恨みを買うことになる。それこそ一生抱え込むことになる呪いだ。

彼女がどれだけの愛を新郎と温めていたかは知らない。しかし、まだ若く美しい彼女にとって、この痛手は致命傷ではない。必ず癒えると時江の年齢からは俯瞰（ふかん）できる。

分かりました、とあながちその場限りでもなさそうな真摯（しんし）な返事がやがてあった。

『次は、小林ー。小林ー』

次の停車駅のアナウンスが入り、時江はもう一つお節介をした。

「もしよかったら、小林で一度降りて休んでいくといいわ。あなた顔色も悪いし、あそこはいい駅だから」

女性は怪訝な顔で首を傾げたが、たった一駅の間で率直な会話を交わした時江の勧めを立てたのか、「ではそうします」と頷いた。

電車が減速に入り、ホームに入った。

ドアが開いて、先に若いカップルが乗り込んできた。ローカル線の車内で悪目立ちする純白のドレスに無遠慮な視線を投げかけながら。

入れ替わって降りた女性に孫娘が声をかけた。

「おねえさん、忘れ物」

びくりと女性の肩が揺れた。本当はそこにそのまま忘れた振りで捨てていきたかったのだろう。引き出物の袋を取りに振り返る。

強ばった笑顔で孫娘に手を振り、女性は引き出物の袋を提げて電車を降りていった。

「きれいなお嫁さんだったねー」

孫娘が流れていくホームの白い人影を名残惜しそうに見つめる。

「あれはお嫁さんじゃないわよ」

孫娘への訂正が甘くないことも、時江が嫁に微妙に敬遠されている理由だろう。

「お嫁さんは一人で電車で帰ったりしないのよ。お婿さんがいなかったでしょう」

「ああ、そっかー」

白という色は花嫁だけの色ではない。時代劇なら、丑(うし)の刻(こく)参りの女性も仇(あだ)討ちの女性も白装束を身にまとうのだ。

祝いも呪いも恨みも飲み込む色だ。そんなことはまだ孫娘に気づかせるのは早いだろうが。

「なぁ、さっきの人すごかったなぁ」

「ああ、美人やったな」

「もう、そうやないやろ」

彼女と入れ違いに乗ってきて反対側のドアの側に立ったカップルが、案の定悪気のない野次馬口調で喋り出した。

「あんなウェディングドレスみたいなドレスで、引き出物持ってたで」

「何かおかしいんか、それ」

「もー、男はホンマに冠婚葬祭の常識がないなぁ。他人の結婚式に呼ばれて白い服なんか超NGやん。しかもあんなええ仕立てのやつ。よっぽど何か訳ありやで、あれは」

　カップルの女性の見立てはドンピシャだが、孫娘にはあまり聞かせたくない話だった。だが孫娘もさすがに小さくても女というべきか、彼らが話しているのがさっき降りた女性のことだと気づいたらしい。お行儀よく座っている振りをしながらも、しっかり聞き耳を立てている。話の意味は分かりはすまいが、女性がよくない意味で俎上(そじょう)に載っていることはこのまま話を聞いていれば察するだろう。

「亜美」

　声をかけると孫娘はすぐに顔を上げた。聞き耳を立てている疚(やま)しさが幼いなりにあるのだろう。

「おばあちゃんねぇ、犬を飼おうと思うんだけどどう思う？」

「わぁ、ホント!?」

　孫娘はぱぁっと顔を明るくして時江を見上げた。そのきらきら輝く眼差(まなざ)しからは、もうさっきの女性もカップルの話も吹き飛んでいる。

　それでいい。孫娘が彼女を覚えておくのはまだ早すぎる。

「亜美、ゴールデンレトリーバーがいい！」

「おばあちゃん、もう力があまり強くないからそんなに大きい子は無理よ。もっと小さい子でないと」

「じゃあ今日の……コーギーちゃん？」

「そうねえ、それくらいいねえ。おばあちゃんは柴犬もいいかなと思ってるんだけど」

「あー、柴わんこちゃんもいいねえ」

　基本的に犬なら何でも好きな孫娘は、候補を挙げられる度あっちもこっちもと揺らいで大変な様子だ。

「もっとちっちゃいのは？　チワワとか」

「おばあちゃんとしては、飼うならもうちょっと大きいほうがいいわ」

　せっかく一軒家に一人で住んでいるのだ。体力的に大型犬が無理としても、もう少しは手応えのある大きさがいい。

「早く飼ってね、亜美しょっちゅうお散歩手伝うから！」

　それは微妙に嫁が気疲れしそうだなと思いながらも、時江は途中から半ば本気で候補の犬種を挙げはじめ、中には孫娘の覚えていない犬種もあったので説明も交え、孫娘の記憶は完全に犬に上書きされたようだ。

「でもおばあちゃん、犬が好きなら今までどうして犬飼ってなかったの？」

不意打ちのように訊かれ、どうしてだろうと自分でも本気で考え込んだ。子供の頃から犬は代々飼っていたし、結婚後も家が持ち家になってからは犬を規制する条件は何も――

「ああ！　ああ、ああ、そうだわ」

すっかり忘れていたことを思い出して時江はくすくす笑った。

「おじいちゃんが駄目だったのよ、犬」

「えー？」

今のように積極的な恋愛はまだ珍しい時代だった。見合いで付き合い出して、ゆっくりと気持ちを育てていった。

そうして夫は「次の日曜、ご両親にご挨拶に伺ってもいいかな」と優しく尋ねた。断る理由は何もなかった。勤勉で温厚な人柄はこれからの人生を預けるに足るものだった。

かくて日曜――夫は一番いい背広を着て、時江に花束を、両親に一升瓶の銘酒を持って時江宅を訪ねた。

両親や兄弟も大歓迎で、よく来たよく来たと玄関はちょっとした騒ぎになった。だが、その騒ぎが気に食わない者が玄関先にひとりだけいたのである。

にこやかに挨拶していた夫が突然形相を変えた。

「ギャ――――ッ！」

すわ何事かと向き直ると、玄関先の犬小屋に繋いであった当時の飼い犬の甲斐犬が、夫の尻っぺたにがっぷりと齧りついていたのである。

一番いい背広はおしゃか（もちろん沽券をかけて父が弁償したが）、客間はもう宴席ができていたので居間で尻を丸出しにして往診の医者にヨードチンキを塗りたくられ、医者にはこれっぱかしのことは家族でやれと叱られた。家族でやれなどとは言われても、結婚を申し込みにきた娘の許嫁の丸出しの尻を一体誰が処置できるというのか。今なら時江が噛み傷だろうが痔だろうが薬を塗ってやるが、当時はようよう口づけを交わすのが精一杯だった二人である。

結婚の挨拶だけはどうにか済ませたが、座るのに難があるので宴席の料理にはほとんど手をつけず引き揚げた。母親がせめてと折にぎゅう詰めにして持たせたが、とにかく散々だった。

それまでは大丈夫だったらしいが、そのトラウマで犬が恐くなったらしい（仮にも猟犬の末裔、甲斐犬の一噛みは強力だ）。どんな小さな犬でも鉢合わせするなり「きゃあっ」と時江の後ろに隠れるようになった。

だから家を持ったときも、犬を飼うという選択肢は最初からお互い頭に浮かばなかった。

夫が亡くなってからここ数年、やけに犬を飼いたいと思うようになったが——どうやらきっかけはここだ。

結婚の挨拶で尻っぺたを噛まれて散々だったためにチワワと出くわしても悲鳴を上げるようになり、長じた息子に散々それをからかわれてふて腐れ、犬は先に見つけて何気なく遠回りして避けるようになり——そんな夫との生活や思い出を墓まで持っていきたいのだ、自分は。

ごめんなさいねぇ、あなた。

私が犬を飼ったらお盆や法事で帰ってきにくくなるかしら？　大丈夫よね、もう幽霊になってるんだから犬くらい避けられるでしょ。お盆のときはケージに犬を入れておくから。何なら私の頭の上に座っておくといいわ。

甲斐犬だけは飼わないから安心してね。

小林駅

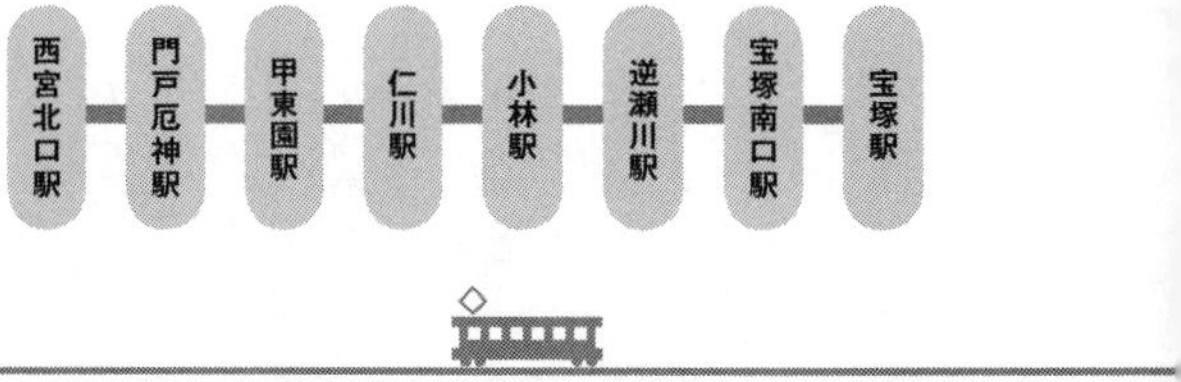

*

一体どこがいい駅なのだろう？

老婦人に勧められて電車を降りた翔子は周囲を見回した。

取り敢えず、降りたホーム側にあった休憩室に入ってみるが、ガラス張りの素っ気ない室内には硬いプラスチックの椅子を並べたベンチが壁際に並んでいるばかりである。その椅子もピンクとブルーを交互に並べた色遣いで洗練されているとは言えず、夏冬は空調、他の季節は風よけだけが価値という程度の鄙(ひな)びた休憩室だった。雨の日には湿気も籠もりそうだ。

トイレも掃除はされているが特別キレイというわけでもなく、自販機のラインナップが面白いというわけでもない。

首を傾げながら改札のほうへ向かうと、ひゅっと小さな燕尾(えんび)服が構内へ舞い込み、途端にチュクチュクジージーとうるさいほどの鳥の声が降ってきた。

見上げるとツバメの巣で、雛(ひな)が山盛りに身を乗り出している。

親はうちの一羽の口に餌を押し込み、また慌しく飛び去った。飛び去ったと思うや今度は逆の方向から同じく喧噪である。

振り返るとそこにも巣があった。見回すと全部で三軒、待っていると次から次へと雛の合唱が始まるほどの頻度で親たちが舞い込んでくる。

どの巣にも下に受け台が作ってあった。明らかに素人仕事で改札を入ってすぐの受け台の下には墨痕鮮やかな貼り紙があった。


『今年もやって参りました。お騒がせしますが、巣立ちまで温かく見守ってください』


強ばっていた心がほろりとほどけるような温かい字だ。きっとここの駅員の仕事だろう。

ツバメの巣に注意の貼り紙をしているのはよく見かけるが、翔子が見たことのあるのはほとんどが「ツバメの巣があります、糞に注意！」とかそうしたものだ。まるでツバメが挨拶をしているかのような温かなユーモアの効いた貼り紙にはあまり覚えがない。

切符は梅田まで買ってあったが、ここで降りてみようと思い立った。駅前に車の入れるロータリーすらない小さな駅で、利用者はアスファルトとレンガ舗装との二股に分かれた緩やかな坂道を徒歩で行き交っている。

改札を出て、アスファルト舗装の道路を下りはじめると、すぐ左脇に逸れるレンガ道があった。自転車がたくさん停まっているその様子で分かる、入って奥に小さなスーパーがあった。更に奥にはドラッグストア。

スーパーの軒先に妙なものを見つけた。庇の骨に白いビニール傘の把手を引っかけて、傘が逆さに吊ってあるのである。

何だろう、あれは？

怪訝に思って正体を確かめに歩み寄り、手を打った。

傘を引っかけた庇の骨の上にやはりツバメの巣があり、逆さになった傘はその糞受けになっているのである。

これはアイデアだ、と唸った。自転車の整理をしていた警備員のおじさんに思わず声をかける。

「これ、よく考えましたね」

おそらく定年退職後のパート勤めであろうその警備員は、翔子を振り返って怪訝に首を傾げた。何を話しかけられたのか聞こえなかったらしい。

「これ、いいアイデアですね」

声を心持ち大きくしながら逆さ吊りの傘を指差す。するとようやく分かったようだ。

「ああ、ねえ、これ。ツバメの巣、取っちゃうわけにはいかないでしょ。はるばる渡ってきたんだし、縁起のいい鳥だしね。でもここに巣、作られると困っちゃうんだなぁ。ほら、お客さんにちょうど糞がかかるところでしょ。そんで皆で考えてねえ」

いい駅だから。

乗り合わせた老婦人の言葉がやっと分かってきた。

いい駅かついい町でもありそうだ（街という言葉が使えるほど大きな街ではない）。

ツバメと客と双方の顔を立てて庇に傘を吊ったこの店で、何か買ってあげたくなった。

そういえば披露宴でほとんど食べなかったので小腹が空(す)いている。表にベンチもあったし、何か総菜とお茶でも買って食べるくらいは許されるだろう。

翔子は警備員に会釈して店に入った。入ってすぐのところに野菜のお買い得品が並んでいて買いたくなったが、自宅まで持って帰るのは重いので諦めた。

あっという間にぐるりと一周できる小さな店だが、小さいなりに品揃えはなかなかだ。小規模ながらもスーパーとしての機能は果たせるラインナップで、しかも閉店時間が夜中らしい。独り者にはことに便利な店だ。コンビニ飯は続くとすぐ飽きる。こんな店が近所にあったら共働きをしても家事が楽そう——などと考え、当面そんな機会は失われたことを思い出してまた胸が鋭く痛んだ。

レジの手前に総菜コーナーがあって、そこに弁当などと一緒に籠に盛られたおにぎりがあった。しかもコンビニ風にパッケージされたものではなく、漬け物の混ぜご飯が手結びされてラップで包まれたものだ。そのアットホームさに惹かれて梅しそを一つ手に取り、飲み物のコーナーで持ってきておいたお茶と一緒に買う。

梅雨の晴れ間の一日でベンチはいい感じに温まっていた。電車の中で頑なに立っていたことが嘘のように、ドレスの皺など気にもかけずに座った。

お母さんが握ったような素朴な見かけ、素朴な味のおにぎりは、まるで体のことを気にかけられているようだった。ゆっくりとよく噛んで、お茶で流し込む。すると一つで充分にお腹がいっぱいになった。

ゴミ箱に食べ終わったゴミを捨てて、翔子は先程の警備員に声をかけた。

「あの、すみません」

「はいはい」

傘のアイデアを誉められたのが嬉しかったのか、警備員は愛想よく応じた。

「この辺で、服を買える店はありますか？」

このスーパーには服飾コーナーはなかったから訊いても失礼ではあるまい。

警備員は困ったように首を傾げた。女性の洋品店などあまり分からないのだろう。

やがて、坂道に出て正面に見下ろせる大きなスーパーを指差した。

「あっちだったら婦人服のコーナーもあると思うけどねえ」

このこぢんまりしたスーパーに比べて、ここから見えるほど巨大な建物だから迷いようはない。

ありがとうございましたと礼を述べて、翔子は坂道を下りはじめた。

通りすがる人々は真っ白なドレスの翔子に悪気なく視線を送ってくる。生活感に溢れたこの町で、昼下がりのこの坂道を行き来するのは男女ともに普段着の人々が多い。たまにスーツ姿が混じるくらいだ。派手なドレスは異彩を放っているのだろう。

焦っても仕方がない。翔子はゆっくりと坂道を下り、教えられたスーパーを目指した。

＊

四階建ての大きなスーパーは、エスカレーターで上がってすぐ二階が婦人服のコーナーだった。やはりあちこちから悪気のない視線を感じつつ、売り場の間を見て回る。客層的に中年層以上、もしくは若い主婦を意識した品揃えで、日頃の翔子なら服を買うためには来ない店だ。

無難なパンツとカットソーを選んでレジに並び、会計を済ませる。

「すみません、すぐ着て帰りたいのでタグを切って試着室を貸して頂けますか」

そう頼むと、紺の制服を着た女性店員は怪訝な顔をしながらも翔子の希望どおりにしてくれた。試着室まで案内されて着替えが終わるまで店員に外で待たれたのは、妙な手口のいたずらか何かを疑われたのだろう。そうでなくとも翔子のドレスは店内で悪目立ちしていた。

着替えたドレスは買った服を入れてもらったレジ袋に突っ込み、できるだけ小さくして持ち手を縛る。

カーテンを開けて表に出ると、店員がドレスの突っ込まれたことが透けて見えるレジ袋を見て驚いたような声を上げた。

「お客様、着替えたお洋服が」

翔子が買った服よりずっと高価だということは一見して分かっていたのだろう。

「いいんです」

言いつつ翔子はハイヒールを履いてバッグを持った。両方パーティー用だから着替えた服とは少しちぐはぐだが、人目を集めるほど珍妙ではない。

「それでは」

会釈して、呆気に取られている店員を残して翔子はその場を立ち去った。

外に出てからゴミ箱に着替えたドレスを放り込んだ。

買った値段のことを思うと質屋ででも処分してしまおうかという打算が湧いたが、恋人を寝取った女の披露宴に乗り込んだ討ち入りの怨念にまみれた服だ。他人に流すべきではないだろう、という判断が勝った。

そんなので小金拾っても空しいだけだし。

討ち入りのために出した十数万は討ち入りのためだけで捨てるべきだ。

そう考えるとすっきりした。靴とバッグはもともと持っていたものだからいいだろう。引き出物だけは分別があるから持ち帰らないといけないのが忌々しいが、それくらいは仕方がない。

せっかくだからこの辺を一巡りして帰ろうかな、と歩き出す。細いがそれなりに賑やかそうな道のほうへ向かう。すると――

弁当屋だの美容院だのが軒を連ねているその細い道路を、すぅいっ、と閃くように何羽ものツバメが低く飛び交わしていた。見るとあちこちの店の軒先にツバメの巣がかかっているようだ。

ツバメを見たことがない訳ではないが、これほど無造作にツバメが巣をかけ飛び交っているところも久しぶりに見る。

この町は決して静かではなく、町の規模に応じた喧噪に溢れている。しかし渡ってくるツバメにとって、この町は安心して巣をかけ、子育てのできる町なのだ。

ああ、確かに。

いい駅で、いい町だ。

あの老婦人が言ったとおりだ。

土地勘がないのであまり遠くへは行けない。大型スーパーの敷地をぐるりと回るようにして、また駅のほうへ戻る。スーパーの駐車場の外周に沿った歩道の街路樹に花が咲いていた。

どうやら同じ種類の木の色違いらしい。白とピンクのこぼれるようなふわふわした花が交互に続いている。洒落た植え方をするものだ、とこれも感心した。

大型スーパーの敷地を概ね一巡したので、そのまっすぐ続くピンクと白を辿りながら駅の方向へ向かう。

ドラッグストアがあったので思い立って携帯用のクレンジングシートを買った。

のんびりと歩きながらまた駅へ。道は広くないのに車の往来が多く、賑わった町であることも分かってきた。

いつかこの辺に住んでもいいな、という考えがふっとよぎったのは自分でも意外だった。思いのほか便利が良くて住みやすそうではあるが。

ゆっくりゆっくり、名残を惜しむように駅への道を辿る。

同じ道ではつまらないな、と思ってさっき下った坂道はスルーして、一本先の道を線路方向に入ってみた。案の定、奥にパンタグラフの線が見える。その道の突き当たりが改札を出たとき二股に分かれていたレンガ道に繋がっていた。

もう改札は見える距離だ。

レンガ道の緩やかな傾斜を上り、切符を買おうと券売機の前に立つと――またほっこりするものを見つけてしまった。

券売機の横にいかにも子供の手が作った小さな七夕飾りがあり、これにも貼り紙がしてある。

『〇〇小学校の生徒さんが作って持ってきてくれました。今年は織り姫と彦星が会えるといいですね』

おそらく、小学校全体のイベントで作ったものではないだろう。小学生、それも細工の様子からして低学年の子供が友達同士で思い立って作って、駅員さんにあげようという話にでもなったのだろう。

はいありがとうね。そこまでなら大抵の大人が言う。

しかし、律儀にその拙(つたな)い飾りを飾って貼り紙までしてくれる大人は、今どれくらいいるだろう。それも子供の教育に携わるわけでもない機関の大人が。

梅田までの切符を買い、翔子は改札を通ってから窓口に声をかけた。

「あのぅ」

「はい、何でしょう？」

白髪混じりの駅員が奥から出てきて愛想良く応じた。翔子は引き出物の中から引き菓子を出し、「もしよかったらこれ皆さんで食べてくれませんか」とカウンターに置いた。

困惑した様子の駅員にその場でぱっと思いついた言い訳を話してみる。

「ちょっとした会に呼ばれて、お土産を配られたんですけど。私、持病があってこういうお菓子を食べられないので。ホテルのお菓子だから捨てるのももったいないし、よかったらぜひ」

討ち入りのために買ったドレスと違って食べ物に罪はない。それもちゃんとしたホテルで心を籠めて作られたであろうお菓子だ。味わえないのは翔子の勝手な都合である。誰かが食べてくれるのなら、翔子も食べ物を粗末にしたという罪悪感を味わわずに済む。

「病気って、糖尿かい？」

駅員はすぐ気遣わしげな表情になった。

「若いのに大変だねえ。でもおうちで誰か食べられる人はいないの」

「一人暮らしなので。それに、あの貼り紙で何だか嬉しくなっちゃったので、どうせならこの駅の人に差し上げて帰ろうかなって。差し入れっていうか」

ツバメの貼り紙を指差すと、駅員がいやいやいやと照れくさそうに頭を掻いた。

「毎年来るとかわいいもんでね。棚は私が作ったんですが、字は巧いのがまた別にいて」

「素敵ですね」

翔子が会釈して立ち去ると、駅員は宝塚ホテルの名物らしい焼き菓子の箱を捧げるように持ち、

「どうもありがとうございます！　貼り紙を書いた者にも伝えておきますんで！」

と、深々と頭を下げた。

ホームに入ると電車はすぐ来るタイミングだったが、翔子は敢えてトイレに入った。

鏡の前で改めて見るパーティー用のメイクは、まるで戦化粧のようだった。

華やかに。私が今までで一番美人に見えるように——結婚式でわざわざ美容院のメイクを頼んだことなど今までなかった。プロのメイクは確かに巧く、翔子は花嫁を差し置いて艶やかだった。

翔子を見た瞬間のあの女の形相。鬼のような、女の業を凝縮したような。

あの顔を引きずり出せただけでプロの技倆には充分な価値があった。

そのためだけの化粧だ。用は済んだ。

先程買ったクレンジングシートを出して顔に当てる。下地から丹念かつ仕上げ華やかなメイクは、完全に落とすまでにシートを五枚も使い切らねばならなかった。

手持ちの化粧道具でメイクを直す。今度はナチュラルメイクだ。

急に誂えて少々野暮ったい服以外はほとんど平常営業に戻った。

討ち入りは終わったのだ。

恨みつらみはまだ消すことなどできないが、少なくとも刺したいように刺した。それについての心残りはない。

潮時はいつにしようか。

そんなことをちらりと考えられるようになったのも、偶然に乗り合わせた電車で話した老婦人のお陰かもしれなかった。

仁川駅

*

「だからぁ」

ミサは笑いながら何度も繰り返した説明をもう一度繰り返した。

小林駅で降りていった白いドレスの女性についてである。

表情は笑顔を装っているが、内心ではかなり苛立っていた。

「結婚式に呼ばれて白いドレスはおかしいんやって」

「だから何でやねん。呼ばれたんやから客やろ、客がどんな服着たって勝手やろ」

彼氏のカツヤの反論もまったく同じで堂々巡りである。

「もー、結婚式っていうのは確かにお客様を招く日でもあるけど、それ以前に花嫁さんが主役やねんて。新郎新婦がホストとか言うてもそれは建前で、やっぱり客が祝ってあげる日ぃやねんて。そんで白っていう色は花嫁さんの色って決まってるから、常識のある人は白い服なんか着てけぇへんよ」

「そんな常識、誰が決めたんや」

「常識って誰が決めたとかそうゆうもんやないやろぉー？」

はぁっと思わず溜息が出る。

「カツヤかて結婚式呼ばれてそんなカッコで出席したりせぇへんやろー？」

カツヤの今の服装はルーズのヒップホップ系だ。

「何や、今度は俺の服に文句つける気か！」

「ちゃうやん、ＴＰＯのこと言うてるだけやん」

あーもぉ、何でカツヤと話すといつもこんなカンジになっちゃうんやろ。あたしそんなに変なこと言うてないはずやのになぁ。

「女の人はショールでも白は使わんようにって気ィ遣ってるんやで。花嫁さんに悪いし、周りの人に常識ないなぁとか思われたくないいやん」

それを聞いてカツヤはハッと鼻で笑った。

「下らんこと気にして生きてるんやな、女は。お前も下らんうちの一匹か」

付き合いは一年ほどになるのでカツヤの口の悪さは知っているが、たまにクリティカルで看過できない暴言が出る。これが出るとミサのほうも黙って我慢はできない質だ。

それでどれほど厄介なことになるかは後になってから思い出す。

「やったらカツヤは結婚式の常識をあたしよりどれだけ知ってるんよ？　こないだ先輩の結婚式に出たって言うとったよね、出欠のハガキとかちゃんと書けたん？」

「当たり前やろ。あんなもん書いて出すだけやろが」

「じゃあ表書きの『○○行』ってどう直した？」

カツヤの顔色がさっと変わった。自分の知らないことを指摘されたときの癖だ。

「まさかそのまま出してないよねーぇ？」

下らん呼ばわりを根に持っていたのでミサのほうも勢い追及は意地悪い口調になった。

カツヤは返事をしなかったが、表書きを直さずそのまま出したのはその反応で確実だ。

「あれはねぇ、自分宛に返ってくる出欠ハガキに自分で『様』をつけると図々しいから、謙遜して『行』って書いてるんですぅー。返すほうは『行』を二重線で消して『様』って書き直すのが礼儀なんですぅー」

カツヤが仏頂面になって黙り込んだ。

「裏面も出席やったら『御出席』だけマルつけて住所氏名書けばええんとちゃうんやで。『御』はやっぱり線で消して、『御欠席』は全部線で消すんやで」

更に気を利かせるとマルで囲った『出席』の頭とお尻に『慶んで』『させて頂きます』などを書き添えるとしたものだが、カツヤにそこまで求めるのは酷だろうから言わない。

ミサとしてはそれで充分手加減したつもりだった。

「もちろん『御住所』や『御芳名』の尊敬語も消すんよ。『御芳名』は『御芳』まで消さなあかんけど」

仕返し半分、お節介半分で言い募ると、突然カツヤがもたれていた電車のドアをガンと蹴った。ミサがびくっと肩を竦めるとカツヤの目が据わっている。周囲を気にして見回すと、その音は同じ車両の乗客たちの視線を一身に自分たちに集めていた。

向かいの席に座っている幼い女の子が目を丸くしてこちらを見ている。その祖母らしい女性も。

カツヤは周りの注目を集めていることを分かっているだろうに、もう一度さっきよりも強くドアを蹴った。

「そんなこと知ってるのがどれだけ偉いねん、ああ？」

やばい。

一人暮らしのカツヤの部屋や人目のないところだったら——

殴られていたところだった。

「ご、ごめん。偉いとかそんなんじゃないけど……常識やから、カツヤも知ってたほうがいいと思って……」

「俺をバカにしとんのか！　常識常識ってそんな程度のことで偉そうに説教しやがって、俺より偉くなったつもりか！」

ガン、と三度目。

向かいの女の子がふぇぇと泣き出した。自分に向けられたものでなくても、ドアを蹴る粗野な音と周囲に音量を遠慮しない罵声は子供には恐かろう。

ああ、ごめんな。お姉ちゃんのせいで。

ミサがそう思ったタイミングで、カツヤは舌打ちしながらもさすがに声だけは低くして吐き捨てた。

「うるさいんじゃ、ガキ！」

ちょっと。泣かせたんあたしらやんか。何でそんな。

でもそんなことを言ったら人前でも平手くらいは飛んでくる苛立ち加減だ。

『次は、仁川ー。仁川ー』

車内アナウンスで向かいの孫娘と祖母のコンビが立ち上がった。

カツヤも降車側のドアに向かい、ミサは慌てて追いすがった。

「ちょっと、今日ここで降りるんちゃうやん！　西北の不動産まで行って物件探そって」

「そんな気分やなくなった、お前のせいでな」

お前のせいでな、というところに置かれたアクセントは悪意剝き出しだった。

「大したレースないけど馬でも買うとったほうがマシや。部屋探したいんならお前一人で行け」

仁川には阪神競馬場があり、シーズン中の週末は競馬客でよく賑わっている——どころの話ではなく、大レースがあるときなど歩行者信号で捌きれないほどの客が詰めかけるので、電車で来る客を改札から競馬場まで直接流せるように、地下に連絡通路が作られたほどである。

だが競馬場の反対側は昔ながらの商店街を抜けて閑静な住宅街になっており、あちらとこちらで落差の激しい駅だ。

カツヤに競馬の趣味はない。それこそ友達に誘われたとき、大きなレースくらいでしかやらないはずで、ここで降りるというのはミサへのあてつけとしか思われない。

並んで降車を待っていた孫娘と祖母のコンビは、孫のほうがまだぐすぐす泣いているのを祖母があやしている。

これみよがしに何の厭味やババア。カツヤが口の形だけでそう吐き捨てる。吐き捨てた裏にはこれもお前のせいだという恫喝がある。

「なぁ、ごめん、あたしが悪かったから。もう言わへんから機嫌直して不動産行こ？」

電車が停まってドアが開いた。カツヤが降りるのを止めようとして、逆に引きずられた。

「きゃっ……！」

引きずられてホームに転びそうになったが、カツヤはミサを振り向きもしなかった——どころか、引き止めるミサの手を振り払いさっさと改札に歩いていく。

さすがにもう追いかける気力もなくその後ろ姿を見送る。

あーあ。何でこうなっちゃうんやろ、あたしら。

デートをしてもカツヤの部屋にいても、うっかりするとエッチの直後ですらこんなことになる。

一体何が悪いのか。普通なら些細(ささい)な喧嘩で終わりそうな喧嘩が絶対些細には終わらない。取り返しのつかないところまでこじれて、部屋なら殴られるし外出中だとキレたカツヤに置き去りにされる。それがけっこうな遠方まで出かけたデートであってもだ。泣きながら一人で帰ったことも二度や三度ではない。

機嫌がいいときは、お互い一人暮らしだから同棲して家賃の節約しないか、なんて言うくせに。

お前とだったら上手くやっていけると思うんだ、なんて。

そのくせ一回怒ると容赦というものを知らない。ミサがどれだけ泣いて謝っても効果はない。喧嘩は一度始まってしまえばカツヤの気の済むまで終息はしないのだ。

真っ先に電車を降りた二人に、他の乗客が追いついてくる。気の毒そうな目で見られるのはもう慣れた。

チーン、と鼻をかむ高い音が響いた。思わず振り向くと、さっきの孫と祖母のコンビである。老婦人が孫の泣いた後始末で鼻をかませていた。

「ごめんなさい、お孫さん泣かしてしもて」

思わずそう謝ると、老婦人はてきぱきとした手付きでティッシュを始末しながら、

「下らない男ね」

あっさりとそう斬り捨てられたのがカツヤのことだとはしばらく気づかなかった。

気づいてガツンとショックを受けた。赤の他人から下らない男だと斬り捨てられるような男と自分は今付き合っているのだ。

「やめておけば？　苦労するわよ」

老婦人はあっさりとした口調でそれだけ言って、泣きやんだ孫の手を引き反対側の出口へ階段を下っていった。――誰と何をとも言わず。

ミサは見えなくなるまで二人の立ち去る後ろ姿を見送って、のろのろとホームへ戻り、手近なベンチに腰を掛けた。

何であたし、あんな男と付き合ってるんやろ？

些細な喧嘩を些細に終わらせず、自分が怒っていたら人前でも平気で彼女を怒鳴りつけ、彼女が怪我をしそうになっても無視して、人目のない場所では暴力も出る。

馴れ初めはナンパだった。カツヤはルックスだけなら結構いい男だし、声をかけられて悪い気はしなかった。お茶くらいならと話に乗った。

話しているうちにお互い同じ沿線上で近い大学に通っていることが知れ、しかも実家は関西圏だがその路線への通学は難しい距離なので一人暮らし中であることまで同じだった。こうなると一気に盛り上がる。その日のうちに携帯番号を交換し、一月と経たない間に互いの部屋を行き来して一線を越える間柄になった。

ぶっちゃけたところ出会って一気に盛り上がって一気にやってしまった感じなのだが、最初のうちはカツヤはもっと優しかった。

それがこんなふうになってしまったのはいつ頃からだろう。

いつの間にかカツヤの部屋の家事もミサがやるようになり、同棲話が盛り上がったのはミサが自分の部屋とカツヤの部屋と両方の家事をするのはしんどかったからでもある。

てゆーか、たった一年であたしナニ世話女房みたいなことまでさせられてんの。

喜んでくれるのが嬉しかったから。でも、続けているうちにそれは当たり前になって、おしまいには義務になった。カツヤは部屋を散らかすだけ散らかし、洗濯物も溜め込んで、「そろそろパンツないから来てや」と呑気に電話をかけてくる。

あたし家政婦ちゃうんやから、基本的にはちゃんと自分でやってよ。

最初はそう言うと生返事でうんうん頷いていたが、そのうち言うと不機嫌になるようになった。終わらない喧嘩が始まるようになったのもそのころからで、喧嘩のループになるくらいならと途中でミサが諦めてカツヤの部屋にほとんど毎週家事に通うようになった。

その煩わしさなどもあっての物件探しである。

しかも、ミサがこれほど尽くしても今日のようなことになる。尽くしているのにと自分で言うのはいやらしいが、相手が全くそれを考慮してくれないと恨み言の一つも言いたくなる。

そのうえだ。

通ってるだけの今でさえ部屋では喧嘩で殴られてるのに、もしあんな見境ない男と同棲なんかしてしもうたら――あたし逃げ場なくなるやん！

「帰ろ」

ミサはベンチから立ち上がってホームの乗り場に一番手で並んだ。電車はどうせ数分で来る。

いつもなら必死に電話をかけ、繋がらずにごめんなさいメールを何本も打ち、カツヤが戻ってくるまで改札のそばで張り込むことさえ珍しくなかった。

でもふと冷静になってみると、そこまでしてすがりつかなくてはならない男かどうか。

それに、

あたしが付き合ってる男に殴られてるって知ったら、お母ちゃん悲しむやろうなぁ。

今まで頭をかすめもしなかった思いが浮かんだ。ものすごく親不孝をしている気持ちになった。母だけではない、家族みんなも友達もきっと悲しむ。

立ち去った老婦人の素っ気ない忠告は、わずかな時間でそこまでミサを正気に戻した。自分でも不思議なほどにすがりつく気持ちが冷めた。

レースをやって帰るということは何時間かかかる。カツヤの部屋の合い鍵は持っているから、自分の荷物を回収して帰るには充分だ。昨日は珍しくカツヤのほうが小林のミサの部屋へ泊まりに来たが、カツヤがミサの部屋に上がるのはこれが最後になるだろう。部屋にわずかに残っているカツヤの荷物は宅配で送り届ければいい。

別れ話はきっともつれるだろうが、泥仕合の覚悟はできた。カツヤは自分の部屋へミサを呼びつけることがほとんどだったので、幸いミサの部屋の合い鍵は渡していない。いざとなれば友達に相談して、警察にも相談して……

さあ、最後のメールをどう打とうか。

しばらく考えて、ミサはその短い文面を手早く携帯に打ち込んだ。

『もうこりごりです。さようなら』

自分の部屋に帰ってから放つ弾丸のつもりで未送信のメールに保存して、ミサはホームに滑り込んできた電車に乗り込んだ。

甲東園駅

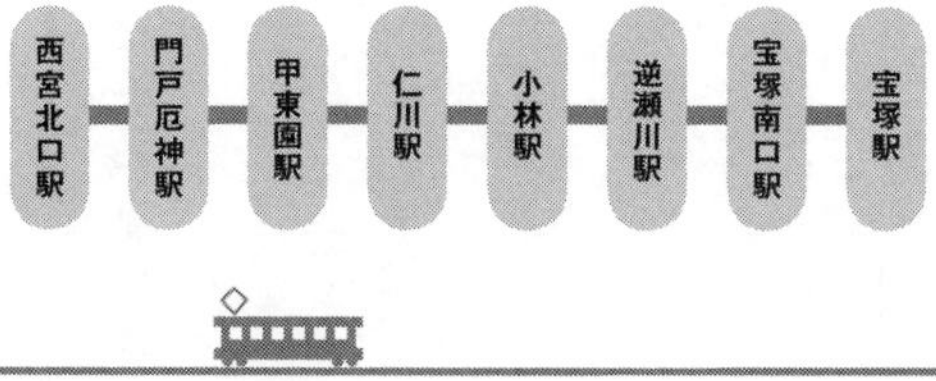

心意気としては弾丸のつもりの未送信メールを鞄の中に忍ばせ、ミサは電車に揺られていた。

ぽつりぽつりと席は空いていたが、立っているほうが今の気分に合っていた。

＊

下らない男ね。やめておけば？　苦労するわよ。

たった一年でナニ世話女房みたいなことまでさせられて。

もしあんな見境ない男と同棲なんかしてしもうたら——

殴るような男と付き合ってるって知ったら、お母ちゃん悲しむやろうなぁ。

一瞬で冷めて籠めた別れの弾丸（メール）だが、一瞬で冷めただけにミサの心は揺れていた。

このまま彼が留守の隙に彼の部屋に残した自分の荷物を引き揚げて、自分の部屋に戻るつもりだったが、でも、機嫌がええときは優しいし、かわいいとこもあるねんなぁ。
ルックスめっちゃ好みやし——それに。

ミサの彼氏ってめっちゃかっこええやん！　ええなぁ！

携帯で撮ったツーショットを見せると友達に必ず羨（うらや）ましがられる。それはミサにとって鼻が高いことで、その自慢の種がなくなるのも惜しかった。

そんなことで揺らぐ自分がまた情けない。

流れていく住宅街の景色をぼんやりと眺めているうちに次の駅に着いた。

甲東園（こうとうえん）である。

甲東園は関西の有名私立大の最寄り駅なので、平日休日を問わず学生風の乗客の利用が多い。ラクロスのラケットを肩に担いで乗り込んでくる女子大生の集団は練習試合にでも出かけるところか。そうかと思えば軽くパンクな感じの青年がヘッドホンをシャカシャカ鳴らしつつ難しげな教科書を開いている。

ミサの通っている女子大とは偏差値が全然違う「ええとこ」である。もちろん、彼氏のカツヤの通っている大学も比較にならない。

そんな中、土曜授業のある学校なのか、制服姿の女子高生が数人乗り込んできた。笑いさざめき、いかにも今が楽しそうな。将来のことなどまだ遠い未来のことで何も考えられないような。

あたしもつい何年か前までそんなんやったのに。そう思うと彼女たちの賑やかしく遠慮のない笑い声さえ少し妬ましい。

女子高生たちはミサの近くに空いていた吊革と空間を占拠し、わいわいと喋りはじめた。

「なー、えっちゃんの彼氏すっごい年上なんやってー?」

すっごい年上、という煽り文句に一体どれほどの年の差なのかと思わずミサが聞き耳を立てると、えっちゃんと呼ばれたちょっと大人っぽいその彼女は「そんなことないで」と手を振った。

「大卒で社会人二年目やもん。相手早生まれやし年上言うてもたった五つや」

その五つを「たった」と言える時点でその「えっちゃん」はグループの中で少しだけ先に大人なのだろう。

「えー、だって社会人と付き合うとかって想像できひん。学校の先輩とかならまだ分かるけど」

そう言った女子が横から他の友達に肘でつつかれた。

「もうあたしらが一番先輩やん。進学決まらんことには学校の先輩と付き合うこともも不可能やわ」

「あ、そっか。でも社会人の人とかって一緒におって楽しいん？」

「えー、でもぉ」

でもぉ、と言いながらえっちゃんは首を傾げている。

「何かみんな誤解してるみたいやけど、社会人でもけっこうアホな人はアホやで。うちの彼氏もアホの部類やもん」

えーっと不満そうに声を上げたのはまた別の女の子だ。

「年上の人って頼りがいあったりしっかりしてたりするんちゃうの？」

これはこれで年上に夢を見ているタイプだ。——と傍目に分析できるほどミサも大人なわけではないが。

「ちゃうちゃう！　少なくともうちの彼氏はちゃう！　だってな、こないだから彼氏一人暮らし始めてんやけどな、夜中に『助けて』って電話かかってきてん」

「えー、何々!?」

どうやらこのえっちゃん、かなりの話術の持ち主だ。友達がみんな釣り込まれ、ミサも釣り込まれた。

大の男が夜中に女子高生の彼女に『助けて』などと電話をかけてくるシチュエーションは一体何だ。

「そんで『どないしたん』て訊いたらな、『アイロンがかけられへん』って」

おそらくは全員が犯罪系を想像しており、種明かしで爆笑した。周囲の乗客は煩そうな険しい視線を送ってくるが、彼女たちはそんなことは全く意に介——すどころか気づいてもおらず、ミサも彼女たちに釣られて笑い出したいくらいだった。

「うちらかてさぁ、アイロンなんかお母さんがかけてくれるし家庭科くらいでしかやったことないやん。そもそも何にアイロンをかけるつもりか言わへんねんで。そんで『温度って何度にしたらええの？　スチームって何？』って先走りすぎやっちゅうねん」

「ホンマやわー！」

「そんで何にアイロンかけるつもりか訊いたらやっと『シャツ』って。でも、シャツって言うてもいろいろ素材の種類があるやん。そんであたしも家庭科の教科書出してきてさぁ、素材訊いたら『えー、そんなん分かれへん』って。『タグに書いてあるやろ！』言うたら『タグって何？』」

きゃーっとまた甲高い笑い声が上がる。くくっとミサの肩も揺れた。同じ車両の乗客の視線はますます厳しくなったが、そう目くじら立てんと聞いたってこの子らの会話。おっかしいから。

「もう怒ってもしゃあないし、脱力したから、襟(えり)か脇のところに布のちっちゃい端切れがついてるはずやからそれ探せ言うてんやん。そしたらタグは見つかったんやけど……」

オチは！　オチはどこや！

聞き耳を立てて待ち受けるミサに、えっちゃんは特大級を放った。

「漢字が読まれへんって言うねん。大学も出た社会人がやで」

「アホやー！」

周囲の友達が遠慮会釈なくげらげら笑い、その笑いにこっそり紛れてミサも吹き出した。

「そんでな……」

まだあるか！

「しゃあないから、その漢字の形とか電話で訊いてん。そしたら『糸って書いてある』」

「偏(へん)やろそれはー！」「偏だけ答えてどうすんねんー！」

さすがに受験生、全員が息も絶え絶えに笑いながら突っ込む。

「アホやから勘弁したって。そんで『糸の横にも何か書いてあるやろ？　それ何なん？』って訊いたら、『月って書いてある』」

「『絹』やそれは――――!!」

「しかもちっちゃい口が抜けてるやん！」

何段オチやねんこの話！　ミサはこらえきれず口元を強く押さえた。そうしないと彼女たちと一緒に吹き出してしまいそうだった。

「まあそんで教科書見ながら何とかアイロンかけさせたんやけど。ちょっと大卒の社会人とは思われへん暴挙やろ？」

　暴挙や。それは確かに暴挙や。仮にも大卒の社会人には許されへん暴挙や。

「で、絹の読み方は教えてあげたん？」

　友達に訊かれてえっちゃんはこくりと頷いた。

「『ああ、これ絹って読むんかぁー！』って感動してたわ。それくらいで感動すんなって話やろ？」

「『綿』とか読めるんかなぁ、彼氏。まだまだ地雷がありそうやな」

「『綿』はもう右側のつくりの部分が説明できんと思う」

　えっちゃんの冷静な判断でまた女子高生たちが笑う。

「そんであたしからこんなん言うのもどうかと思ってんやけど、電話で説教してしまってん。『あんたな、いくらパソコンが普及して手で字ィ書かん時代になったってこんな漢字が読まれへんかったら、どっかで絶対大恥かくで。ちょっとは漢字の勉強しぃや』って。

『分かった、今度漢字ドリル買(こ)うてくる』って。もうこの際やから漢字検定とか取らせたほうがええんちゃうかと思てんねん」

女子高生にこれほどまでに主導権を握られている社会人もどうかと思うが、他人事(ひとごと)だと情け容赦なくおかしい。

「知り合ったきっかけって何やったん？」

「えー、それはええやん別に」

饒舌(じょうぜつ)だったえっちゃんが初めて言い渋った。

「話してくれたことないやん、聞きたいわ」「そうやそうや」

えっちゃんはしばらく口籠もっていたが、「笑わんといてや」と釘を刺してから不本意そうに白状した。

「ナンパ。しかも塚口(つかぐち)」

「うわビミョー！」

笑いこそしなかったが友達が一斉に声を揃えた。

ビミョーなのは手口ではなく場所だ。塚口は伊丹線も乗り入れるのでそれなりに大きな駅だが、駅前にあるのはガッチリ大手スーパー系列のショッピングビルで生活感に溢れている。

利用者も主婦層メインで、近くの女子大や高校の学生は間に合わせなら塚口で済ますが、本気の買い物は大阪方面か神戸方面へ出る。ナンパという手口に対して場所が微妙なのである。塚口駅前で声をかけられるといえば、献血の誘いかアンケートくらいのものだ。

「お父さんの誕生日やってなー、お父さんのプレゼントくらいやったら塚口でえっかーと思って学校の帰りに足延ばしてん」

「西北にも無印とかあるやん」

友達の一人が挙げたのは正式名称『西宮北口』、この電車の走っている今津線の一旦の終着駅である。

「何でお父さんなんかに無印でプレゼント買わなあかんねん。あそこ、意外と高いやん。お父さんの誕生日二月やしさ、冬物やとよけい高いし。予算千円やってんもん」

「あー、そら塚口やわ」

少女たちは容赦なく父親につれない。

「そやろー？　案の定千円ぽっきりで安売りのマフラーあったわ、無印やったら三千円はするし。そんで包んでもらって帰ってきてたら、駅前で後ろから声かけられてん。『なぁお茶飲まへん？　奢る（おご）るし』って」

わぁカツヤにナンパされたとき思い出すわー。などと共感しながら聞き耳を立てている他人が近くにいるとはえっちゃんたちは気づいてもいないだろう。

「そんであたし振り返ったら制服やん。相手サラリーマンやし。彼氏が『やってもた！』って頭抱えて。何かな、すれ違ったとき顔しか見てなくて、背中からはコート着てたから高校生て気づかんかってんて。『どないしょう、誘ったら援交とかになると思う？』ってそんなん訊かれてもあたし知らんやん」

「知り合ったときからアホやってんなぁ、悪いけど」

友達がくっくっと喉を鳴らす。

「お茶くらいで捕まえとったらケーサツも大変なんちゃう、って言うたら『じゃあどっか喫茶店でどうやろ』って」

「わー、やっぱり社会人やからお金はあるんやなぁ。マクドとかちゃうんや」

さすがにこの辺りの感覚は健全な高校生らしくて微笑ましい。喫茶店で女の子にケーキセットを奢っても千円にもならない。だが、お父さんの誕生日プレゼントの予算が千円という金銭感覚の女の子たちだ。

急にお茶を奢っても財布が痛まない辺りに、友達はようやく年上の権威を感じたらしい。

「ところでさぁ」

友達の一人が声を潜めた。ミサも思わず耳をそばだてる。

「もうやったん？」

ああ、この年頃ならそこは耳年増になっちゃう部分だろうなぁ、とミサはこっそり苦笑した。

えっちゃんはしれっと「まだやで」と答えた。

「援交になったら困るもんなぁって苦しんでるわ」

「え、でも援交ってお金のやり取りせな成立せんのとちゃう？　売春やろ、あれ」

「アホやから気づかへんねんなぁ、これが」と、えっちゃんが不敵な笑みを浮かべた。

「早く年取ってくれーってせがまれてるわ」

「せがまれてもそんなん取れるかー！」

友達がまた一同総ツッコミだ。彼もまさかこんなところで俎上に載っているとは思いもよるまい。

「でもムリヤリ迫られたりしたことないん？」

「そんな奴やったら別れるもん」

あ、痛。ミサは思わず胸の中心を押さえた。えっちゃんの話はその間にも続いている。

「あたしもやっぱり恐いしさ。彼氏のことは好きやけど恐いのに無理してしたくないもん。

彼氏もあたしが高校生なことは分かってて付き合いはじめたんやから、あたしのこと好きやったら卒業くらいまで我慢してくれるやろ。今年受験なんも知ってるしな」

もしあたしとカツヤだったら。

別れと継続の間で揺れている自分の彼氏のことをミサは思った。

漢字の読み間違いなんか指摘したらめちゃくちゃ機嫌が悪くなって喧嘩になるだろうし（特に自分の知らないことを指摘すると手が出る危険が高い）、自分たちは同い年だからノリノリで最後まで行ってしまったが、もしミサが躊躇（ちゅうちょ）するようなことがあったら「俺のことが好きじゃないのか」とまた激怒しただろう。

カツヤが求めてくることは何であろうと拒んだことはない。拒めば怒られる、嫌われる、自分の気が進まないときでもカツヤの言うことなら何でも聞いた。

俺のことが好きじゃないのかと責められるのが恐くて。

けど、あんたはあたしを思ってくれてたことがあったん？

滅多に逆らわへんあたしが勇気を出して「それは嫌やな」って言うて、それがあたしにとってどれくらい気が重いことかって考えてくれて「ミサが嫌ならやめよう」って思ってくれたことはどれだけあったん。

相手の嫌がることせぇへんとこうと思うのが好きっていうことちゃうん。

社会人なのにアイロンのかけ方が分からなくても、社会人なのに『絹』という字が読めなくて女子高生に駄目出しを食らっても、えっちゃんの彼氏はいい彼氏だ。いい恋人だ。たまたま電車に乗り合わせた他人が野次馬がてらに話を聞いていても、二人は楽しい恋をしているんだろうなと分かる。

あたしえっちゃんより年上やのに見た目とノリに流されていいだけ彼氏に振り回されて。男見る目やったらあたしよりえっちゃんのほうが全然上や。

別れよう、と揺れていた気持ちが固まった。

自分より年下の女子高生のほうがずっといい恋をしている。

それが羨ましくないほどにはミサはまだ不幸に慣れきってはいなかったし、プライドもなくしてはいなかった。

もんどやくじん

門戸厄神駅

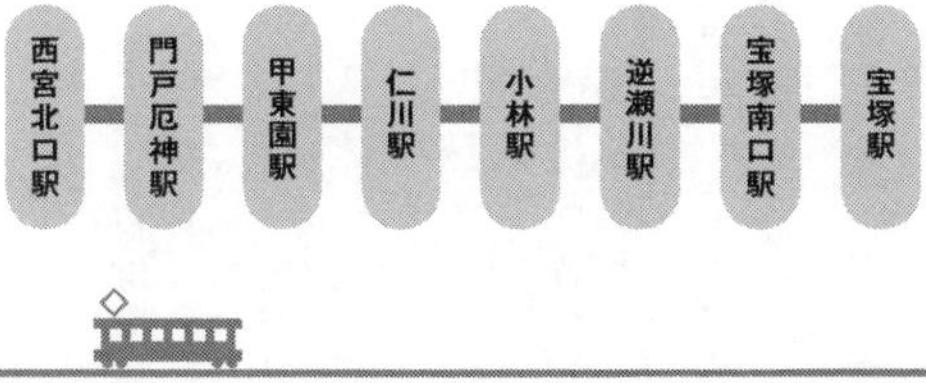

＊

終点まであと一駅という門戸厄神駅は、年始には臨時便が増発され、特に大晦日は終日運行になるほど賑わう門戸厄神の最寄り駅である。地元人には「厄神さん」と親しまれ、そのためか少し高台にある門戸厄神は、街中(まちなか)にも拘わらず周辺には田畑が多く残っており、住宅街も一昔前の鄙びた雰囲気を残している。——ということは地元から入学した友人に聞いた。

そういえばけっこう学校からも近いのに門戸厄神て行ったことないなぁ——と、圭一はぼんやり考えた。同じ車両に乗り合わせた女子高生の群れがうるさくて思考は途切れがちだったが。露骨にそちらを睨(にら)んでいる客もいるが、圭一はそういう状況で心のスイッチを切れるタイプである。もっともヘッドホンを着けている圭一の耳すらたまにつんざく嬌声なので、苛々してしまうオジサンオバサンの気持ちも分からないではない。

だが、大学一年目の圭一は仲間同士ではしゃいで喋ってしまう世代のほうにまだ共感が残っている。

電車がホームに滑り込むと、この路線のささやかなラッシュの最高潮である。六駅分の乗客に仕上げの一駅分の客は週末だとけっこう多い。

　乗り込んでくる乗客の圧力を避けようとして、同じドアの窓際にもたれていたショートカットの女の子が圭一のほうに押されてぶつかった。肩越しに見上げ首をすくめるように詫びの礼。服装が軽くパンクな圭一が恐かったのだろう。

　腕にかけたトートバッグから覗いている本のタイトルは、圭一が脇に抱えている教科書と同じだった。一般教養の必修科目の教科書だが、講座の教授の自著でえらく高い。これをわざと教科書指定し、一年生に売り捌いて儲けているともっぱらの噂である。

　必修なので落とせない事情を衝いた一種の悪徳商法で、その教授はおそらく学生全員に嫌われている。

　その悪名高い教科書で同じ学年なんだなとは思ったが、一般教養は何しろ受講者が多いので彼女の見覚えはなかった。彼女自身、さっぱりとしたパンツルックで女としてあまり目立つタイプではない。女子で目立つグループはやはりひらひらしたチョウチョのような一団である。

　と、乗客が奥に詰めてまたドアの前が少し空き、彼女は微妙に圭一から距離を取った。そんなに柄が悪そうに見えるかな、と内心ではちょっと傷ついたが、彼女はドアの窓の前で景色の上を窺うように軽く膝を屈めた。

何か見えるのだろうか、と同じ教科書で勝手な親近感を抱いていた圭一も高い背を猫背にして窓の上方を窺った。

すると彼女がびっくりしたように圭一を振り返った。いきなり背がひょろりと高いのが自分の頭の上から窺ってきたら驚くのも道理である。

警戒するような凜々(りり)しい顔に、今度は圭一が首をすくめるように詫びた。

「あ、ごめん。何か見えるのかなと思って」

彼女の警戒が解けないようなので、圭一は脇に抱えていた教科書を見せた。

説明は要らなかった。彼女の表情から警戒がぱっと消え、人見知りだけが残った笑顔になった。買ってから初めてこの教科書に感謝である。

彼女は混んだ車内で圭一に少し場所を譲り、空を指差した。

「何か事件でもあったのかなって」

彼女は圭一がもういいかげん聞き慣れた関西弁のイントネーションではなかった。圭一は地方出身だが、彼女もそうなのだろう。彼女の場合はせめて標準語にしようとして九州訛(なま)りがかすかに分かるが、圭一は中国地方の訛りが混じって聞こえるはずだ。

彼女が指したほうを見ると、夏の兆しが窺える空に遠目で黒っぽく見えるヘリコプターが五機編隊で飛んでいた。

「ああ、違うよあれは」

反射で圭一は答えていた。

「自衛隊の汎用ヘリ。マスコミのヘリはあんなにきれいな編隊飛行はできないよ。ほら、五機編隊で高度も一枚板に乗ってるみたいにぴったり揃ってるだろ。間隔もまったくブレないし。伊丹に駐屯地があるからこの辺はたまに飛んでるよ。訓練か何か知らないけど」

はっと気がつくと女の子が目をまん丸にして圭一を見つめていた。

しまった、と嫌な記憶が蘇(よみがえ)る。

進学で上京する前、地元の高校で女子たちに軍オタのレッテルを貼られてバカにされていたのである。軽音部にも所属していたが、ほかの部員はそこそこモテたのに圭一だけは軍オタ軍オタとからかわれるばかりだった。たまに女子たちが数人で兵器や軍事のことを訊いてきて、好きなものだから思わず熱を入れて答えていると、後から「やっぱり軍オタくんだね～」と笑われていたという。

それを同じ部の仲間に教えられて傷ついたのも苦い思い出だ。「あれさえなければね～、とも言ってたぞ」というフォローも刺さるばかりだった。

大学に入ったら軍オタ属性は封印して再デビューの予定だったのに、と臍(ほぞ)を嚙む。

「すごいですね」

女の子は本気で感心したようにそう言ってくれたが、苦い記憶に縛られている圭一には素直に受け取れない。

「いいよ、軍オタだって思ってるんだろ」

「軍オタって何ですか」

素で切り返されて困った。

「えっと……兵器とか軍事とかのオタク？　電車オタクとかそんな感じの」

「あ、電車だったらイメージ湧きます。車両とかいろいろ詳しいんですよね、何々系とか。時刻表が全部言えたり、ホームですっごいカメラ構えてたり」

俺は長玉持って写真に凝るほどじゃなかったけど——とは言っても長玉が長尺レンズを指すことなど彼女には分からないだろう。

「ヘリの種類とかも分かるんですか？」

「この距離で見分けまではつかないよ。多分UH1Jじゃないかと思うけど……」

「あー、でも見当つくんだ、すごい」

言いつつ彼女は住宅街の向こうに消えそうになった編隊を追うように更に膝を屈めた。

「今日はすごいもの見ちゃったなー」

その言い方が本当に嬉しそうだったので、ややひねくれていた気持ちが解れた。

「あぁいうの好きなの？」

同じ大学で同じ学年ということが判明したとはいえ、自分がこんなふうに女子と普通に話しているなんてちょっと信じられない。

「えぇっと」

女の子は困ったように小首を傾げた。ヘリが見えなくなったので圭一のほうに向き直る。

「珍しいものや知らないもの見つけると嬉しくないですか？　だから電車に乗るといつも外が見えるポジション取っちゃうんです。特に、窓が大きいドアのそばが一番好きで」

門戸厄神の客が乗り込んできたときに、奥へ流されていかずに圭一のそばに詰めたのもそのせいだろう。小柄な彼女は脇へ詰めれば人の乗り降りの邪魔にはならない。

「自衛隊のヘリコプターなんてニュースでしか見たことないし、しかもこんな街中だし。それに、あんなにピタッときれいに整列して飛べるなんてすごいなぁって。そういう意味では今日一番の大物でした」

「敬語じゃなくていいよ、同じ学年だし」

そう言ってみると、彼女は「はい」と言いかけてから実に言いにくそうな歯切れの悪さで「うん」と頷いた。相手もあまり男慣れはしていないらしい。

「俺、小坂圭一っていうんだけど。君は？」

何気なく訊いたつもりが女の表情は瞬時に硬くなった。いい感じで話せていたような気がしていたのだが、圭一だけの思い込みで彼女は単に愛想のいい人だったのだろうか。

「……あ、ごめん。図々しかったかな」

微妙な間合いで詫びると、彼女はトートバッグの中に手を入れた。そこに内ポケットがあるらしく、取り出されたのはパスケースだった。

何枚か入るらしいケースから出したのは学生証で、彼女は上目遣いで圭一を窺うように学生証を自分の目の高さに見せた。

名前欄には——


『権田原(ごんだわら)　美帆』


悪気なく吹き出しそうになり、慌ててこらえる。きっとこれは彼女にとってのトラウマだ。圭一の軍オタと同じ種類の。

「……男らしい名字だね。戦国武将っぽいっていうか」

喉まで悪気なくこみ上げた笑いを飲み込みきって、ようやくコメントしたものの、そのコメントも適切かどうか分からない。

「子供の頃からずっとからかわれてて。大学でも渾名、速攻ゴンちゃんに決まっちゃって。合コンとか行っても自己紹介で必ず笑われるんです」

笑った彼らももちろん悪気はないのだろうが（圭一と同じように）、ゴンちゃんはその度にひっそりと傷ついていたのだろう。笑う彼らと一緒に笑いながら。

「大学入ったら、ホントは美帆ちゃんて呼ばれたかったんだけど。デビュー失敗」

言いつつゴンちゃんは学生証をしまった。

気まずくなった空気をフォローするために、圭一も思わずカミングアウトしていた。

「俺も大学デビュー狙ってたクチだよ。高校までは軍オタって女子にバカにされてたから。この趣味はこっそり隠して彼女作ろうとか思ってた。でもうっかりバレちゃうもんだね」

「あ、小坂くんが軍オタなのバレたくないなら私言わないから安心し……て、ね」

台詞の末尾に微妙な迷いがあったのは、タメ口でいいという申し入れのためだろう。

「好きなことを訊かれると調子に乗ってべらべら喋っちゃうんだよな、オタクの習性っていうか。そのうち俺もどっかでボロ出すよ」

「……私、ボロ出すとか出さないとかそういうレベルの問題じゃないもん」

あ、かわいい。――ゴンちゃんがふてたように唇を尖らせたのである。

「結婚しないと名字変わらないし」

ruin the mood

「そっか、同じレベルで語るの失礼だよな。ごめん」

「あ、別に小坂くん責めてるわけじゃなくて。こっちこそごめんなさい」

少し会話が途切れてから、やはり圭一から話しかけた。

「さっきのヘリ見るまでは、今日見つけたスペシャルは何だったの」

「ボルゾイ三頭！」

ゴンちゃんは即答で語ってくれた。

「朝のお散歩、行きがけの電車で見かけたんです。年配のご夫婦で三頭散歩させてて」

ということは土曜の一コマ目で講義があるということだ。必修は入っていなかったはずだから、取りたい講義を取っているのだろう。ゴンちゃんはその見かけから素直に想像がつくとおり真面目な学生さんのようだ。嫌がらせのように土曜二コマ目に入っている必修だけ（例の悪名高い教授の講義だ）渋々取っている圭一とは大違いである。

「ボルゾイってあれだろ、やたら細長くて背の高い感じの」

「そうそう。一頭でも存在感あるのに、三頭いるとすごいの。気品溢るるっていうか」

確か随分と高価な犬で、それを三頭も養えるなんて金持ちの夫婦なんだなという感想も湧いたが、これはゴンちゃんに軽蔑されそうだから口に出すのはやめておいた。

彼女の素直な感動に水を差したくないという思いもある。

「今津線は西北からこっちがいいですよね。いつか、終点の宝塚駅まで乗ってみたいなと思ってるんです。用事がないとなかなか逆方向には行かないけど」

「西北から向こうは悪いの？」

今津線は乗りっぱなしのままで全線を利用できず、西宮北口で分断された同路線を二階コンコースで渡って利用するというちょっと変わった構造になっている。西宮北口駅から向こう側は二駅で、圭一は利用したことがない。

「悪いとかじゃないんですよ、全然。私が親戚に下宿させてもらってる阪神国道なんか、ＪＲ線も近くて便利だし、終点の今津まで行けば阪神にも乗り換え利くし。生活するのに便利なお店とかいっぱいあるし。だけど、西宮北口から向こう側って線路がすぐに高架になっちゃうんですよね。面白いものはやっぱり地面を走ってる線路のほうが見つけやすいんです」

ふんふんと頷きながら、「さっきからまた敬語になってるよ」とからかうとゴンちゃんはまた慌てたように「……見つかりやすい、んだよね」と言い直してから顔を赤くした。

「勘弁してくださいよぅ、私、男子には名前でからかわれるばっかりだったから、普通に話したことあんまりないんです。それも小坂くんみたいにカッコイイ男の子なんか」

……カッコイイなんて。

「言われたことないよ、それこそ。俺、中学・高校と渾名は軍オタくんだったしさ。彼女いない歴イコール年齢だし」

「じゃあ私の趣味が変なのかなぁ」

「そこであっさり言(げん)を翻(ひるがえ)されても辛いけど」

「あーっ、ごめんなさいごめんなさい！　私も彼氏いない歴イコール年齢です！」

面白いな。かわいいな。感想の天秤(てんびん)が釣り合った。

いつのまにかヘッドホンは外して首にかけていた。いつもの音楽を聴くよりゴンちゃんとの会話が楽しかった。

「小坂くん、関西の人じゃないよね。私、長崎からなんだけど小坂くんは？」

初めてゴンちゃんからも圭一のプライベートを訊いてきた。これはゴンちゃんのほうも圭一との話が楽しかったしるしだと思ってもいいのだろうか。

「俺は広島から。下宿は西北から自転車でちょっと」

下宿まで答えるのは調子に乗りすぎかなと思ったが、圭一もさっきゴンちゃんの下宿の最寄り駅を聞いている。

「えー、でも西北って家賃高くない？」

「下宿探し、出遅れちゃって。でも駅から自転車で十分も走ればけっこう安くてまああの物件見つかるよ。その代わりかなり武庫川寄りになるけど」

　武庫川は西宮北口から梅田方面へ向かうとき、最初に鉄橋で渡る川だ。武庫川の両岸は地元の人にとっては少し阪急へのアクセスが悪い地域になるが、学生の基本アクセス手段が自転車のみ、という地方都市育ちの人間には自転車の十分は余裕である。

「あー、だったらうちからも行ける距離だね」

　そう返したゴンちゃんも育った環境は似たようなものだろう。

「買い物は駅前でして帰ればいいし、アパートの近くにもスーパーあるし」

「あ、ちゃんと自炊するんだね。えらいなぁ」

「毎回買い食いできるような金ないしね。オレンジページとかよく立ち読みするよ、簡単で安いおかずがよく載ってるし。よく失敗するけど」

「わー。私なんかご飯、おばさんに甘えて任せっきりだー」

　そんなことを話しているうちに、電車が駅への最後の踏切を通過した。ホームに入ると時間差で両方のドアが開くので、乗客の圧力が降りたいほうのドアへそれぞれ高まる。

　もうちょっと話したかったな、と思いながらその圧力からゴンちゃんをさり気なく庇（かば）い、圭一は電車が停まってドアが開くのを待った。

　いよいよ今津線の「取り敢えず」の終着駅、西宮北口である。

西宮北口駅

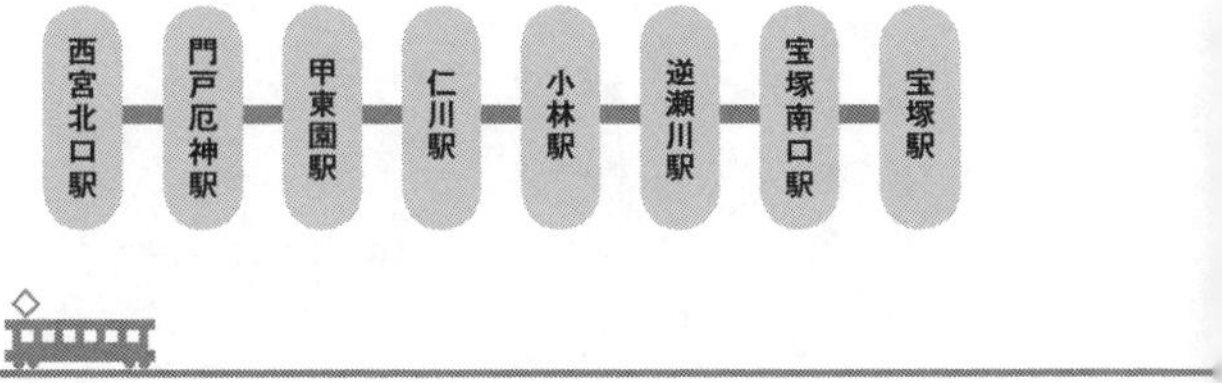

西宮北口は阪急電車の中でもそれなりに大きなジャンクションである。

三宮(さんのみや)(神戸)行きと梅田(大阪)行きのホームが東西に並び、今津線のシッポといえる今津行きのホームが南。北側の宝塚行きのホームを加えると全部で四つのホームがあり、乗客たちは二階のコンコースに上がってそれぞれ目的のホームを選んで下り、また、この駅が目的地ならそのまま改札口を出ていく。

梅田行きに乗って途中の十三(じゅうそう)で降りればこれもまた西宮北口以上の大ジャンクションで、京都までも行くことができるし、その間にも細かくいろんな地域に行ける乗換駅がある。

一人で、あるいは友達や恋人同士、家族連れ、仕事関係、ありとあらゆる身分、ありとあらゆる組み合わせの人々がコンコースを早足に横切っていく。

その一人一人がどんな思いを持っているか、それは歩いていく本人たちしか知らない。

＊

大して急ぐわけでもなかったが、ホームに電車が滑り込んでドアが開いた途端、翔子も乗客の圧力に押されてホームの右側へ吐き出された。

二階コンコースへ上がる階段のほうへ歩いていると、突然背中に鋭くぶつかられた。パーティー用の細いヒールだったので衝撃をこらえきれずに転倒し、指先に引っかけるようにぶら下げていた引き出物の袋も投げ出された。ガチャンと何か割れた音がする。

「ちょっと何すんのよっ！」

とっさに起きられずに叫ぶと、背広のしけたオヤジが「すみませぇ〜ん」と甲高い声で叫びながら走り去っていく。よほど急いでいるのか翔子に謝りに戻るどころか次々と人にぶつかってあちこちから罵声を浴びていた。

「何だってのよ、まったく」

周囲を流れていく客も助け起こしてくれるでもなく通り過ぎていく。踏んだり蹴ったりだ。よりにもよって寝取られた男の結婚式に出た日に。途中で降りた小林駅で、せっかくちょっと心が和んだかと思ったら。

寝取られたとはいえ復讐のように結婚式に乗り込んだからバチでも当たったのだろうか。

でもバチだったら寝取り女と寝取られ男のほうにより大当たりするべきじゃないの。

のろのろと起き上がると膝をしたたか打っていて、これはパンツの下で痣になっている。

「大丈夫ですかぁ？　ひどかったよね～」

立ち上がると飛ばされた引き出物の袋を差し出された。差し出したのは女子高生の集団である。同じ車両に乗り合わせ、車内でわいわい騒いで公序良俗にうるさそうな大人たちに睨まれていた女の子たちだ。

「女の人突き飛ばしていくなんてサイテー」

オヤジが走り去っていった方向にうちの一人が舌を出した。

この子たちを睨みつけていた立派な大人たちは声さえかけてくれなかったが、彼女たちは声をかけて飛ばされた袋を拾ってくれた。

人間的にはどっちが上等なのかしら、とやや皮肉に考える。この子たちをうるさいなと思っていた自分も含めて。

「何か割れちゃってるみたい」

と、紙袋を差し出した女の子が軽く中身を揺すった。

「駅員さんに言う？」

「ありがとう、でもいいわ」

袋を受け取って翔子は笑った。

「そんなに惜しい品物じゃないから。拾ってくれてありがとね」

もうホームに乗客はまばらになっている。彼女たちもこれから予定があるだろう。ぺこりとそれぞれに頭を下げながら去っていく女子高生を見送り、翔子はホームの柵にもたれて中身の確認をした。

両家の名前の入ったのし紙の巻かれた持ち重りのする箱。開けるとタンブラーのセットである。したたかだが夢見がちだったあの寝取り女らしくファンシーなイラスト入りで、翔子の趣味には到底合わない。

新郎のほうも翔子の婚約者だった頃は「こんなの誰が選ぶんだろうな」と苦笑しながら引き出物のパンフレットをめくっていたものだが、一体いつ宗旨替えをしたのだろう。

五つのうち四つまでが割れていた。趣味が合わないうえほとんどが割れた引き出物など持って帰っても仕方がない。

箱から全部出し、詰め物に入っていた紙を使って一つずつ包んだものを構内の缶ビンのゴミ箱に捨てた。余った箱と紙袋はその他ゴミである。

結局、結婚式がらみのものは、威嚇のために買ったドレスから引き出物まで、何ひとつなくなった。却ってすっきりするくらいだ。

「さ、帰ろ」

すっかり人の捌けたホームを翔子は歩き出した。

高いヒールで足は疲れているはずだったが、足取りは軽くなったような気がしていた。気のせいかもしれないが、気のせいが続いているうちにさっさと帰ったほうがいい。自宅の茨木まではまだまだ遠い。

そして翔子はコンコースへの階段に向かった。

*

さ、別れると決めたらさっさとしょう。

未練で揺れていた心が「えっちゃん」たち女子高生の楽しげな雑談で固まって、ミサの足取りにもう迷いはなかった。

人混みを巧みにすり抜けながらコンコースへ上る広い階段に向かう。

仁川でミサを置き去って競馬をしに行った彼氏のカツヤだが、時間的にいくつもレースは残っていないだろうから、あまり余裕はない。

カツヤが帰ってくる前に彼の部屋に置いてある自分の荷物を持って帰らなくては。

カツヤが住んでいるのは六甲、西宮北口からは五駅だ。

取り敢えずお泊まりセットと、あたしが買うた分の台所道具と、置いてある洋服やな。

今日の鞄じゃ入りきらへんからスーパーでおっきいエコバッグ買うていこ。

「ちょっと！」「何やおっさん！」

ん、殺気！　肩越しに振り向くと、しけたサラリーマンが人混みを無理矢理かき分け、あちこちぶつかりながら走ってくるところだった。

先に気づいたのですんでのところで避けてセーフ。

階段を上りかけてふと気づく。

……そう言えば。

「えっちゃん」たちが来ないなと振り返る。

たまたま乗り合わせただけの他人だが、彼女たちの「笑ける」恋バナのお陰で老婦人に斬って捨てられた「下らない男」に見切りをつけられたのだから、このまま人混みの中にまぎれて見失ってしまうには未練があった。

と、例によって例のごとく「キャーッ」とはしゃいだ声が後ろから近づいてきた。かと思うとあっという間にミサを追い抜いて階段を元気に駆け上がっていく。

「ねー、サイズどうするー？」

「トリプルに決まってるやん、半額期間中やで！　あたしキャラメルリボンとぉー」

「あんたダイエットどないしてん」

「明日から！」

察するに、駅を降りたショッピングビルに入っているアイスクリーム屋の話だ。そうか半額中か。いいこと聞いた、と思ったが今日はさすがに寄るのは危険だろう。

もしレース帰りのカツヤと鉢合わせしたら目も当てられない。

「えっちゃん、彼氏の誕生日プレゼントどうすんのー」

「アイス食べてから無印寄ってこー」

「ちなみに予算は」

「三千円！」

お父さんの三倍、しかもお父さんのときは候補にも挙げなかった無印だ。

先日観たテレビで高校生のお小遣いの統計を取っていて、一番多いのは五千円だった。五千円から三千円切ったにしろ地道に貯めたにしろ、何だかんだと言いながらえっちゃんはやっぱり「アホ」な彼氏が好きなのだろう。

——あたしも。

ミサに階段半分の差をつけて改札のほうへ曲がって消えたえっちゃんたちを見送る。

あたしも、次は自分が自分らしくおられる彼氏見つけるわ。彼氏の知らんこと教えても逆ギレされたり怯えたりせんでもええような。

ありがとな、えっちゃん。


そしてミサは神戸行きのホームへ階段を下りはじめた。

＊

西宮北口に到着した電車は進行方向の右側からドアが開き、次に左のドアが開く。左側は次の乗車口になるのでドアの前には既に順番待ちの列ができている。

左側から降りたい乗客の圧力に押されるまま圭一もゴンちゃんもドアが開くのを待っていた。狙ったわけではなく、単に立ち位置が窓際だっただけなのだが、必然的に一番前になっている。

ドアが開いて乗客が一斉に降りた。揉まれるように圭一とゴンちゃんも降り、何となく圭一がゴンちゃんを庇う形になる。

「阪神国道だったよね」

「はい。小坂くんはここで降りるんだよね」

頷きながらも、ここで別れるのが惜しい感じがした。電車の中での会話が楽しかったし、ゴンちゃんは面白くてかわいい。

大学は一緒だが広いキャンパスで偶然は期待できない。今のところ一年の必修しか同じ講義は分からないし、友達と一緒だったりしたら気後れで声をかけられない自分がリアルに見える。せめて今、下心含みだがトモダチになっておきたい。

「美帆ちゃんさ」

イチかバチか彼女が呼ばれたがっていた呼び方をしてみる。案の定ゴンちゃんは驚いたように目を瞠(みは)って圭一を見上げた。

「あ、大学入ったら美帆ちゃんって呼ばれたかったたって言ってたから。迷惑だった？」

ゴンちゃん――いや、美帆ちゃんは無言で首をぶんぶん横に振った。

「びっくりしただけ。でも嬉しい。けどちょっと恥ずかしかったかも。急だったから」

何やらいろいろ複雑らしいが、とにかく迷惑ではないようだ。勇気を振り絞った甲斐があったというものである。

「定期、阪神国道まであるんだったらここで降りてみない？　時間あったらだけど。俺、ここの駅でちょっと変わったもの見つけてあるんだ」

「時間あります！」

食いつきのよさは好奇心か、それとも美帆ちゃんも名残惜しかったのか。後者だと圭一が嬉しい。

あわよくばお茶まで持ち込んで携帯番号の交換くらいはしたいなぁ——などと思いつつ、圭一は美帆ちゃんの歩幅に合わせてホームを歩き出した。


「ほら、あれ」

改札を出てショッピングビルに繋がる屋根付きの通路である。二棟が対面に建っているビルに湾曲して繋がるその通路の途中で手すり際に寄り、圭一がそこから見えるシンプルな白いビルの屋上を指差すと、美帆ちゃんも手すりから身を乗り出して圭一の指差す先を見た。

「わあ!?」

「ちょっと意外だろ?」

その一見何の変哲もないビルの屋上には、真っ赤な鳥居が建てられているのである。

「わー、何で屋上に鳥居なんだろ。庭とか作ってあるのかなぁ」

「でも、フェンスが張ってあるだけで植木とかそういう感じのもの全然見えないんだよな。庭があるならもうちょっと草木が見えそうじゃない?」

「じゃあ、あのビルの持ち主がすごく信心深い人とか、もともと神社だった土地を買ってお社を屋上に移したとか……うわー気になるー！」

美帆ちゃんは頭を抱えてしまった。そして真顔で圭一を見上げる。

「いつか！　いつかでいいからあのビルに訊きに行ってみませんか？　すごく近いし！」

「……意外と度胸あるね、美帆ちゃん」

半ば呆気に取られて素の感想を口走ると、美帆ちゃんは少し決まり悪そうに俯いた。

「一人だったらちょっと勇気出ないんだけど、小坂くんと二人だったら心強いかなって」

「あ、俺のことアテにしてる？」

ごめんなさいと美帆ちゃんは大きく頭を下げた。だが「でももしよかったらそのうち」と食い下がる。その食い下がる様子が必死でおもしろい。

「俺、人見知りするし肝小さいから、ついてくだけしかできないかもしれないよ」

「うん、ついてきてくれる人がいたらけっこう訊けるんです。だから、ついてきてくれるだけで」

「分かった、じゃあいつか」

いつかというのは美帆ちゃんの勇気が固まったときになるのだろう。

「今日のスペシャルは結局どれになったの」

手すりにもたれながら何の気なしに問いかけると、美帆ちゃんは頭を抱えてしまった。

「あー、ヘリもすごかったしこの鳥居もなぁー。うーん」

悩ましいお題を振ってしまったらしい。

「決められないから、今日はスペシャル二つで」

「じゃあ、スペシャルいっこ増やしたご褒美……」

圭一はそこでちょっと舌をもつれさせた。こんなことを女の子に言うのは初めてだったので。ここで噛むなよ、と自分に呆れる。

「携帯番号交換してくれないかな、とかダメ？」

と、見る間に美帆ちゃんの顔が煮上がった。そして赤くなった頬を手で隠してしまう。

「あー、もうヤダ、自意識過剰！　ごめんなさい、男の人にあんまり慣れてなくて。深い意味ないって分かってるんですけど緊張しちゃって。トモダチ！　トモダチになろうって意味ですよね、分かってますから！　ダイジョーブですから！」

ちょっと頑張れ、今頑張れ、俺。

今度は噛むな。

「別にトモダチじゃなくてもいいけど。むしろトモダチじゃないならそのほうが」

すると今度は美帆ちゃんがフリーズしてしまった。

「えっと……それは、トモダチじゃなくてっていうことは」

「付き合ってくれるならそれは俺的にすごくオッケー。今日のスペシャル」

「え、でも私合コンとかでも一回も連絡先訊かれたことなくて」

「美帆ちゃんの味は合コンじゃ出てこないよ。どうせ緊張してほとんど喋らないでしょ」

それはそのまま圭一が合コンに誘われたときの有り様でもある。

「彼氏彼女いない歴イコール年齢、だったらお互いお似合いじゃない？　背伸びすることもないしさ。お互い何も知らないのバレバレだし」

じゃあ、とか、あの、とか色々呟きながら、美帆ちゃんは茹でダコのままで「よろしくお願いします」とお辞儀をした。圭一も「よろしくお願いします」を返して折り目正しいんだか何だか分からない始まりである。

「どっかで座って連絡先の交換したいね」

圭一がそう言うと、あっと美帆が声を上げた。

「なら私、いいとこ知ってます！　ここのショッピングビルの中にフードコートがあって、おいしいタコ焼き屋さん入ってるっておばさんが言ってた」

さすがにこらえきれずに吹き出した。

茹でダコの美帆ちゃんがタコ焼きを食べるというのは共食いではないだろうか。

「えっ、ダメですか？　お水もセルフサービスで飲めるし空いてたらゆっくりできるって聞いて」

　その情報はどちらかというと主婦情報というか、若いお嬢さん向きの情報ではないような気がしたが、美帆ちゃんには似合っているかもしれない。

「それにせっかく関西に来たからおいしいタコ焼き食べてみたかったんですけど……あっ、でもこれが初デートになるとしたら色気なさすぎ⁉」

「いや、いいよ。俺もせっかく関西来たのにタコ焼きってまだ改めて食べたことないし」

　だが、茹でダコの美帆ちゃんがタコ焼きで共食いという初デートは、忘れられない強烈な記念になりそうだった。

＊

　宝塚から出発して、乗客を乗せたり降ろしたりしながら西宮北口まで到着した電車は、また新たな乗客をその車内に招き入れた。

　やがてルルルとホームの乗客を急かす発車のベルが鳴り、駆け込み乗車を一人二人受け入れる寛容さでドアが閉まる。

そして電車がホームを滑り出た。西宮北口から宝塚までを遡(さかのぼ)る車中、乗客たちがどんな物語を抱えているか——それは乗客たちそれぞれしか知らない。

人数分の物語を乗せて、電車はどこまでもは続かない線路を走っていく。

そして、折り返し。

宝塚方面行き——

西宮北口駅

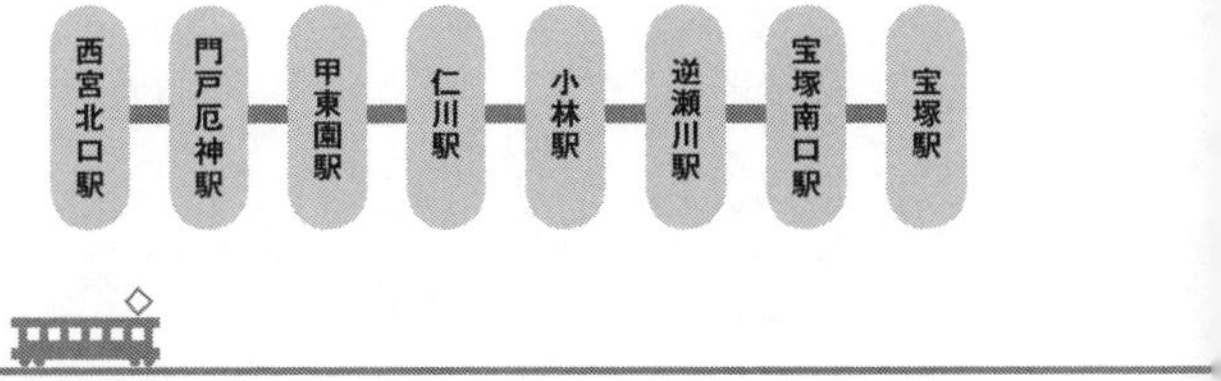

*

生活沿線である今津線のラッシュのピークは、やはり通勤通学時と帰宅時だ。

朝は西宮北口行きが混むが夕方から夜にかけてはこれが逆転する。週末の終電近くともなると、平日朝のラッシュ並になることさえある。

でもまあ土曜の大学の二コマ目が終わったくらいならそれほどでもね。と、ミサは神戸線のホームから二階のコンコースへ上がり、宝塚方面行きのホームへ下りた。

電車はちょうど到着したばかりのいいタイミングで、余裕で座れそうだ。空いているとなると、座りやすいポジションを選ぶ欲も出てくる。

大抵の人はそうだろうが、がら空きの座席なら一番端が望ましい。二両目でちょうど端の座席が空いていたので、ミサは車両に乗り込みながらその席に腰を下ろした。どうやらその車両の一番乗りはミサらしく、後からどやどやと乗客がやってくる。席は空いている端から順に埋まっていった。

と、

「イトーさんイトーさん、こっちこっち！　席まだ空いてるわよー！」

思わず顔をしかめたくなるほど甲高い声で呼ばわったのは、派手なひらひらワンピースを着たおばさんの集団――の中の一人。四、五人がそろいもそろって派手なアクセサリーで身を飾り、冬も深まったこの季節、コートは色とりどりのフェイクファー。

持っている鞄も女子大生が憧れるようなブランド物ばかりだ。

イトーさんはまだ前の車両で席を探してうろうろしていたらしく、大声で呼ばれて少し驚いたように二両目にやってきた。呼んだおばさんはミサの向かいの座席をすでに数人で占拠している。

あー、この席ちょっとハズレやったかもしれんなー。この人らうるさそう……

ミサがそんなことを考えていたとき、空いていたミサの隣に若い女性が座ろうとした。思わず見とれるような美人で、かっこいいキャリアウーマン風。

彼女が腰を下ろそうと屈みかけたとき、信じられないことが起こった。

「えいっ！」

イトーさんを呼んだおばさんが、持っていた自分のブランドバッグを女性が腰を下ろす直前の座席に放ったのである。

一体何が起こったのか分からなかった。腰を下ろしかけていた女性は、呆気に取られて投げられたバッグを見つめ、ミサもやはりそのバッグを見つめる。

――コレハイッタイナンダ？

おばさんの仲間が「ちょっとあなた」「やだ、信じられなーい」とくすくす笑う。その笑いで――信じられないと言いながら、まったく悪いとは思っていないその仲間内の笑いで、やっと事態が飲み込めた。

ミサの隣の席を「イトーさん」に確保するために――先に座りかけていたその女性から取り上げるために、そのブランドバッグは投げられたのだ。

「早く早く！　席取っといてあげたからー！」

前の車両からやはり同じテイストのファッションのイトーさんがとことこと追い着いてくる。ひらひらのワンピースにブランドバッグ、ただコートだけは他のおばさんと違ってごくおとなしいベージュのウールだ。

「な……！」

なんちゅうことすんねん、あんたら。

思わず声を上げそうになったミサを、席を取られた女性がさりげない手振りで制した。イトーさんが到着する前に笑みすら含んだ声で囁く。

「素敵なブランドが台無しね」

気の利いた相槌が思いつかず、ミサが懸命に頷いている間に女性はすっと腰を伸ばし、空席がもうほとんど残っていない車両を次の車両へと歩き去っていった。

他のおばさんに比べてちょっととろそうなイトーさんは「ごめんなさいねえ」とバッグを投げた本人に返しながらミサの隣に座った。

違う。あんたが謝らなあかんのは今歩いていったあのお姉さんや。ミサは自然と険しい表情になりながら、せめて気持ちを落ち着かそうと鞄からテキストを取り出して開いた。

「いいのよぉ、これくらい」

バッグを受け取りながら、投げた本人はことともあろうにこの返事。ババアお前もや、ととうとうミサは険のある声で低く吐き捨てた。

「信じられへん。おばさんってサイテー」

向かいの席までは届かないが、隣のイトーさんには聞こえたはずだ。

何やねんアンタ、と食ってかかられたら喧嘩を買ってやるつもり満々だったが、イトーさんはちらりとミサを窺っただけで何も言ってはこなかった。

おばさんの群れは今日食べにいくらしい宝塚のレストランの話をしている。決して安くはない店で、土曜のランチでそんな店へ行けるのならお金には不自由していない層だろう。

けどあんたらにはおれへんかったんやろな。——あたしのことこっぴどく叱ってくれた知らんおじいちゃんとか。

*

ミサは中学の頃から電車通学だった。

行きはぎゅう詰めになる路線なので座るなどあり得なかったが、帰りはタイミング次第では一緒に通学していた友達のマユミと並んで座れた。

どういうタイミングかというと、掃除当番じゃないときだ。

そのとき駅まで歩いて摑まる普通電車が空いているギリギリで、その次の電車からだと前の駅から高校生がたくさん乗ってくるのでもう座る余地はない。

最初のうちはどちらかが掃除当番だったら諦めていたが、そのうちどちらだったか気がついた。掃除当番じゃないほうが先に駅に行って席を二人分取っておけばいい。それなら当番のほうが掃除を終わって駅まで走れば二人とも座れる。

当番のほうは滑り込みになるので、取っておく席は改札を通って一番手前の車両の端。

それからお互い、相手が掃除当番のときは先に駅まで走った。二人ともがお気に入りの端っこの席を取って待っておくために。

端の席に鞄を立てて、自分はその隣に背筋を伸ばして座る。ときどきわざと改札のほうを窺いながら鞄の把手に手をかけて、いかにも人待ち風情を見せて。

その様子が周囲の人々にどれほど賢しく見えていたのか。今でも思い出すと恥ずかしくて身をよじりたくなる。


「何をやってんねん、あんたは」

目の前に立ったおじいさんにいきなり詰(なじ)られた。

あんたは、というのが自分のことと気づかず、しばらくいつものように改札を窺ったりしていた。

「あんたや、あんた。座席に鞄座らせとるあんたや」

そこまで言われてようやく自分のことだと気づいて振り向いた。

頭の禿(は)げ上がった小柄なおじいさんが、恐い顔で自分を見下ろしていた。

え、何。このおじいさん、あたしに言(ゆ)うてんの。何言うてんの。

その年頃に特有の反射的な反感は、揺るぎなく自分を見据える怒りの眼差しに敢えなくぺしゃんと潰(つい)えた。

「混んできとんのに何でその鞄を一人前に席に座らせとんねん」

「あ、あの、これは友達の鞄で、友達が後から来るんです」

「そんなことが理由になるか！　その友達より先に乗ってはる人がぎょうさんおんのに、後から来るあんたの友達があんたが先取りしといた席にしれっと座るんかい！　おかしいやろが！」

　そんな大きい声で怒鳴らんといてや、周りに見られて恥ずかしいやんか！　恥ずかしい――そう思って周囲を見回してぎくりと身が縮んだ。

　うるさい老人に向けられていると思った非難の眼差しは、全て自分に突き刺さっていた。あんなに怒鳴られてかわいそうに――そんなふうに思っている目はひとつもなかった。俯いて肩を落としている自分が同情されるだろうと思っていたのに。あんな子供を大人げなく怒鳴りつけるなんてかわいそうにと老人のほうが白い目で見られると思っていたのに。

　白い目は容赦なく子供であるミサのほうに向けられていた。

　それは周囲の人々が老人と同じ苛立ちをミサに抱いているからだ、と気づかない程には子供ではなかった。

　恥ずかしい。注目を集めてしまったからではなく注目を集めた理由が恥ずかしい。この車両に同じ学校の生徒は乗っているだろうか、クラスメイトは乗っているだろうか。

「と……友達が、掃除当番で疲れて帰ってくるから」

「やったらあんたが席替わったったらええやろが！　言い訳すな！」

こんなことで言い訳をするほうが恥ずかしいなんてことはもう分かり切っていたのに、言い訳せずにはいられなかった。案の定喝破されて終わる。

誰も執り成してくれないことがミサに自分の立場を思い知らせた。

今までの自分たちの『名案』は、他人からは苦々しく思われる小賢しさだったのだ。

「お待たせ！　席取っといてくれてありがと！」

異様な空気を読めないままにマユミが電車に乗ってきた。老人がマユミのほうをじろりと振り向く。

「あんたが友達か」

「えっ、何……」

マユミは戸惑いながらミサのほうに近づいてきた。

「ミサ、このジジイに何かされたん？」

小声で訊いたつもりだったのだろうが、マユミは地声が大きかった。

「何かしとったのはお前らやろが、しょっちゅうしょっちゅう！」

老人が雷のような声を落とした。

「混んでる電車でみんな座りたいのに、鞄座らせてまで連れの分の席取って、どんな教育されとんじゃ！」

え〜、ちょっとぉ。何よこのジジイ。マユミが唇を尖らせて言い返しかけたとき、

「どこの学校のガキどもやお前らは！　言うてみい！」

——学校に言いつけられる！

ミサはとっさに席を立った。

「降りよ」

マユミに鞄を押しつけて、老人に頭を下げる。

「すみませんでした、これから気をつけますっ」

言い捨てるような口調で、だが一応は謝った。この辺でマユミも自分たちに向けられている白い目に気づいたらしい。不満そうな顔のままでミサと一緒に頭を下げる。

逃げるように電車を降りて、ホームのベンチに座る。程なく発車のベルとともにドアが閉まり、電車が走りはじめる。

ミサが取ってあった席は、電車が走り出しても誰も座っていなかった。

「……絶対ホームから見えへんようになったらあのジジイが座るんやで」

ふて腐れたようにマユミがコンクリの床を蹴った。

「自分が座りたかったから難癖つけてただけやで、絶対」

そうじゃないのは二人ともたぶん分かっていた。

一方的にミサたちを怒鳴りつけていた老人。ミサたちに向けられていた白い目。

何かしとったのはお前らやろが、しょっちゅうしょっちゅう！

週に二度か三度はこんなことをやっていた。不愉快に思いながらミサたちを覚えていた乗客は、あの中にどれくらいいたのだろう。

へこんだ。

名案を思いついたつもりでいたのに、それはずるいことだとこっぴどく叱られた。他人から、公衆の面前で。

あの老人が腹に据えかねて人前でミサを怒鳴りつけるほど二人は今まで目立っていて、それもひどくみっともなく目立っていたのだ。

「絶対、自分が座りたかっただけやで」

マユミはまだふて腐れている。でもふて腐れている理由が分かる。

ミサも同じ理由でふて腐れていたからだ。

ふて腐れたポーズを取っていないと泣いてしまう。他人に怒られて恐かったのと周囲の白い目が恥ずかしかったのと、他人に叱られるまでその行いを恥ずかしいと思わなかった自分たちのバカさ加減が情けないのと、――制服で学校が分かったら言いつけられるかもしれないという心配も少し。

ミサたちの名前まで分かるわけがないけれど、例えば朝礼なんかで「このような苦情が当校にありました」なんて発表されたら内心の屈辱は想像を絶する。

「でも、今度からやめとこな」

ミサのほうから言った。

「またあんなふうに難癖つけられてもイヤやし」

そう付け加えると、マユミも無言で頷いた。

それがそのときのミサたちの精一杯の反省だった。別にあたしらが悪いわけちゃうけどジジイがうるさいからもうやめといたるわ。

思春期の繊細さは自分たちの落ち度を髪の毛一筋ほども認めたがらない。

だが、心の隅に確かにわだかまる疚しさがその日から乗る車両を変えるようになった。

ミサもマユミも、もう荷物で乗り物の席を取っておくようなことはしなくなった。

そしていつの間にか、そんなことは非常識でみっともないと最初から知っていましたよというような顔をするようになっていた。あの老人に叱られて初めて知ったことだなんてお互い口にも出さず。

けれど、そんな顔ができるのはあの老人のおかげだと覚えていることもお互いが知っていた。

＊

だからミサは鞄を投げた向かいのおばさんを今みっともないと思うし、
「素敵なブランドが台無しね」
と囁いて颯爽と隣の車両へ歩き去った女性に共感できる側にいられる。

大学はぱっとしない女子大だし、その中で成績が特にいいわけでもない。試験のたびに成績のいい友達にヤマを張ってもらってやっとこさ乗り越えることもしょっちゅうだ。

おばさんたちが無造作に膝に抱えているブランド物のどれか一つでも手に入れることができるのは、首尾よく就職が決まりボーナスがもらえるようになる頃だろう。それも余程節約しないとそんな買い物は決意できないに違いない。

けれど、人が座りかけているところに鞄を投げて席を取り上げるようなおばさんと同じ括りに入らなくて済むのは、今となってはミサにとってささやかな誇りである。

考えてみたらあたし、けっこう知らん人たちに救われてんねんなぁ。

今となってはもう思い出したくもない——完全に切れるまで半年もかかった元カレのカツヤのことにしてもそうだった。

下らない男ね。やめておけば？　苦労するわよ。

一緒に住む部屋を探しに行こうという日に些細なことで機嫌を悪くし、謝って引き止めようとしたミサを（今思うとミサが悪かったとも思えないが）振り払って競馬に行った。振り払われた勢いでミサが転びかけても振り返りもせず改札を出ていった。

もう疲れた。

そんなふうに扱われることは日常茶飯事で、悲しいなどとは思わなくなっていた。落胆。失望。空しさ。

そんなものしかもうその恋には残っていなかったことを、ただ電車に乗り合わせただけのその老婦人にさっくり指摘された。

ああそうだ。下らない男じゃないか。目が覚めたようにそう思った。

電車の中で、彼女と些細なことで口論になる。そこまではよくある話だ。

だが、喧嘩の苛立ちにしても彼女への威嚇にしても、電車のドアを蹴るというのはよくある話ではない。断じて。

こんなことが日常茶飯事になっていたのに、もうそれに疑問を感じることもなくなっていた。ましてや注意するなんて。カツヤの怒りにどれほど油を注ぐかしれない。

それでカツヤが白い目で見られて、一緒にいて何も言わないミサも白い目で見られるとしてもだ。

下らない男ね。

もしあのまま付き合っていたら、カツヤの機嫌だけを気にして世間から自分たちがどう思われるかなど意識にも上（のぼ）らない女になっていたにちがいない。——危なかった、と胸をなで下ろす。

別れるときも散々揉めて、家まで押しかけられることも再三だった。自分が捨てるのはいいが、自分が捨てられるのは我慢ならなかったらしい（それもミサごときに）。夜中でも玄関前で怒鳴り散らすので、近所の手前もあって仕方なく部屋に入れては何度も殴られた。

必要な荷物だけを持って一人暮らしの友達のところを転々とし、自分のアパートなのにうっかり帰れないような日々も続いた。

そんな生活が半年近く続いただろうか。

実家にはそんな状態を知らせたくなかった。離れて暮らしているのに、余計な心配などかけたくはない。

警察にも相談してみたが、係として出てきた男の警官はあまり親身ではなかった。大学の帰りに寄れる警察署へ寄ったのだが、ミサの住所を聞くと管轄が違うとあしらわれた。証拠がないと駄目だとも言われ、何が証拠になるのかと訊いたら診断書などだという。殴られる度にいちいち病院へ行って診断書など取れない。そんな余裕な生活はしていない。

せめて殴られた跡を携帯のカメラで撮ったりしたが、それも部屋に上がり込んだカツヤに見つかって全部消去されたうえに殴られた。「今度こんな真似をしたらこんなもんじゃ済まさん」という脅し付きだ。

自分で何とかしようと思っていたのに、最後はマユミのお兄さんまで頼ることになってしまった。大学で空手部の副主将をやっているバリバリの体育会系で、ミサも昔からよく馴染んでいる。

「ミサちゃんは俺の大事な妹の親友でな？」

カツヤを呼び出した梅田の喫茶店で、カツヤを角席に追い込むような位置取りでマユミの兄とマユミとミサが座った。

ミサはカツヤから遠ざけられて、マユミが代わりに嚙みつくような顔でカツヤを睨んでいる。真正面はマユミの兄で、こちらは余裕綽々の恐いような笑顔だ。

「ミサちゃんも俺の妹分みたいなもんや。そやから、あまり困らせんといたってほしいんやけど、どうや？」

　チャラチャラして女や物に当たるしかできないような男だ、カツヤはマユミの兄に初手から弱腰だった。

「こ、……困らせたりしてるつもりは……だって俺たち恋人同士だし、こんなのは喧嘩の範囲で」

「ミサちゃんはもう別れたいそうや。そうやな、ミサちゃん」

　ミサは大きく頷いた。

「別れたいです。殴られたりするのもうイヤやし。アパートの前で喚かれたりするのも」

　マユミの兄がテーブルの上で組んでいた腕がぐっと膨れ上がった。怒りで力が籠もったのが分かったのか、カツヤが目に見えて慄く。

「別れてくれるな？」

　それは頼み事ではなく念を押す口調だった。

「文句があったら、いつでもうちの大学に来たらええ。道場覗いて空手部の副主将出せぇ言うたら話が通るわ。何なら俺の携帯教えとこか」

　カツヤは泡を食って首を横に振った。

「じゃあ、別れた証拠にこの場でミサちゃんの携帯番号とメルアド消してくれるか。ミサちゃんも」

「兄ちゃん、ミサは着信拒否にしとくほうがええわ。今どきケー番なんかいちいち覚えてないし、忘れた頃に電話かけられてうっかり取ってもうたらややこしやん」

「そんなことになったらすぐ俺が飛んでくけどな。そのほうが安心ならそうしとけ」

カツヤはろくすっぽ喋ることもできないまま、ミサの携帯番号とメルアドを消去した。


カツヤを先に帰らせてから、マユミが鬼の形相でミサを振り向いた。

「何でこんなんなるまで黙っとくん、あんたー！」

「ごめんてー！　心配させたくなかってん、あんた実家やし……うちの実家にも話行くんちゃうかと思て。それに呼び出すのも遠くて迷惑やし……」

「たかが狭山(さやま)やで、何ぼでも来るわ！　それにこの大魔神が大阪市内に住んでんのに！知らん仲ちゃうんや、使(つこ)うたれ使うたれ魔除(まよ)けに！」

「お前、久しぶりに会う兄貴を大魔神呼ばわりか。ええ身分になったもんやな」

「ぐおっ！」

マユミが額を押さえて仰(の)け反(ぞ)った。

「大袈裟やな、デコピンやんけ」

「おのれのデコピンは殺傷能力が違うんじゃ、わきまえろ！」

一人っ子だったミサには昔から羨ましかった兄妹喧嘩の光景だ。久しぶりに生で見て、笑いがこみ上げた。

そして涙も。

「マユミもお兄さんもホンマに今日はありがとう。めっちゃ困っててん、ホンマに助かりました」

マユミが「恐かってんなぁ」と肩を抱いてくれた。マユミの兄は困ったような顔で温い紅茶をすすっていた。

そしてその後、ミサがカツヤにつきまとわれることはぱったりなくなった。

つい一ヶ月ばかり前のことである。

マナーモードにしていた携帯にメールの着信が入った。開くとマユミからだった。

『最近大丈夫かって健吾が心配してるから、よかったら今度電話でもしたって』

健吾というのはマユミの兄の名前で、陰でマユミが兄を呼び捨てにしているのは「内緒やで」と昔から言われている。バレたらデコピンの刑が待っているらしい。

『内緒やけど、こないだ会うた帰りに「ミサちゃんキレイなったなぁ」って言うてたわ。あいつ大魔神やけど絶対オンナ殴ったりせえへんからお買い得やで。部活ばっかりで彼女もおらへんし、ミサやったら特価処分品にしといたるわ』

キレイなったなぁ。——そんなこと。

終始カツヤに落ち着いた受け答えをしていた健吾の声でその台詞を想像すると、少し胸が弾んだ。

久しぶりに、しかも揉め事の後始末で来てもらって会った健吾に、ミサのほうは合わす顔がなかった。

けど——かっこようなってたなぁ、健吾さん。

カツヤのようなろくでもない男とずっと落ち着いて話ができるようなしっかりした男の人に。

マユミの勧めにすぐ飛び乗れるほど恥知らずにはなれないが、友達のお兄さんへのお礼で、何かちょっとプレゼントを渡したりするくらいのことは許されるだろうか。ついでにお茶を飲むことも？

健吾の携帯番号は、世話をかけたときに「念のために」と健吾から教えてくれてあった。

『ありがとう。今度健吾さんにも電話する。恥ずかしいから予告とかせんといてや』

それだけメールの文章を組み立てて、ミサは携帯を畳んだ。

下らない男ね。やめておけば？　苦労するわよ。――はい、別れるだけで一苦労でした。でも、頑張って別れてよかったです。ありがとう、おばあさん。

もし、もう一度あの老婦人に会えるならそう言いたかった。

中学生のときに叱られたあの老人にも、今会えるならきっと今度はお礼が言えるだろう。

ああ、それから笑ける恋バナ聞かせてくれたあの子らにも。

思い出すだけでも笑いそうになるあの子たち、受験勉強ははかどっているのだろうか。

あの子らがみんな今度の春に合格して笑えますように。

そんなことを思い出しているうちに、非常識なおばさんたちのことはどうでもよくなっていた。

門戸厄神駅

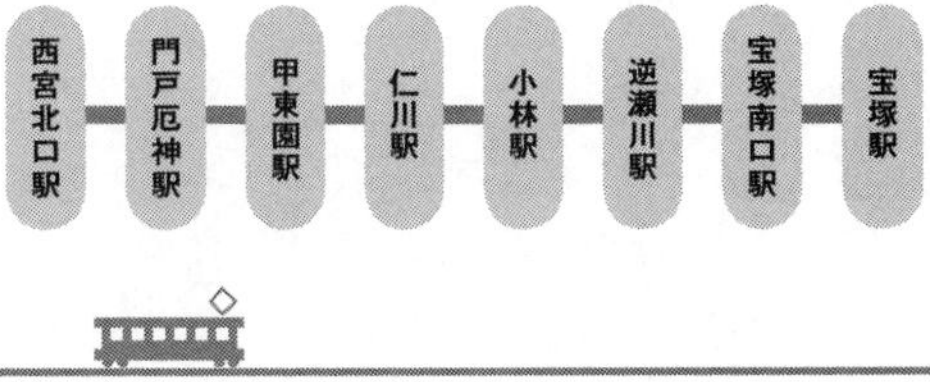

＊

「信じられへん。おばさんってサイテー」

その呟きは明らかに自分——自分を含めたグループに対するもので、呟いたのは決して地味ないい子ちゃんタイプではなく、いかにも女子大生風の若いオシャレをした派手な娘だった。

自分の息子が彼女として連れてきたら、「悪い子じゃないんだろうけど……ねーえ？」とちょっと首を傾げてお茶会の話題に出すような。

母親が息子の彼女——特に結婚しそうな彼女に求める理想像は、決して美人でなく派手でなく、かといって息子の男としての沽券に関わるほどには不細工でもなく、おとなしいプリーツスカートとブラウスが似合うような清楚で地味で「ちょっと」かわいいお嬢さんだ。もちろん、自己主張は決して激しくないタイプ。

少なくとも自分が属しているグループではそれが理想的とされている。みんなが自分を上品な主婦層だと思っていて、こうして遊びに出るときはちょっと高級感のあるオシャレをする。

サテンやシフォンのワンピースに存在感のあるアクセサリー、ブランドのバッグ。それを梅田の百貨店で買ったとなると少しステータスが上がる。

バーゲンでもみくちゃになりながら奪い取った商品でも、百貨店の品は百貨店の品だ。

でも、本当に上品な主婦層だったら——このグループがなりたがっているような主婦層だったら、多分バーゲン時期は外して百貨店に行って、ゆっくり商品を見て、鷹揚に定価で買うだろう。

それに——

伊藤康江はちらりと隣の女子大生を窺った。

グループのだれかの息子が彼女として連れてきたらお茶会で愚痴をこぼされそうなこの派手な娘に、「信じられへん、サイテー」と言われてしまうようなことも、本当に上品な人だったら決してしないに違いない。

呼ばれた康江が向かう間に、グループのリーダー格の主婦が何をしたかは見えていた。先に座ろうとしていた女性がいたのに、その席にバッグを投げたのだ。そして弾ける品のない笑い声。

ああ、あそこに呼ばれていくのは嫌だなと思った。周りの人々に何と思われていることだろう。

恥ずかしい。

だが、気の弱い康江にはバッグを投げた彼女に注意をするなどとてもできない。彼女にとってそれは出足が他のみんなより鈍い康江に対する厚意で、その厚意に『盾突いたら』どうなるかは今までにこのグループを去っていった人々を見て思い知っている。

「ごめんなさいねえ」

ぞんざいに投げられたバッグを手渡しで返すしか。返しながらチクリと嫌な感じで胃が痛む。最近、こんなふうに胃の痛む回数が増えてきた。本当は今日も宝塚まで中華の高いランチコースなんか食べにいきたくなかった。誰かが手に入れてきたメニューを見ながら、「どうせ行くなら高いコースを食べないとね」と一番高い五千円のコースを食べることが決定したのだ。

土曜休みの夫と高校生の息子に昼食で置いてきたのは、康江が作ったチャーハンだ。どうせならそんな高い料理は家族と食べたかった。一人五千円なんて。長女が結婚して家を出て三人家族になったものの、一日の食費よりも高い。

夫も息子も、そのグループの付き合いの難しさを理解してくれていて、何も言わない。楽しくて出かけているわけではないことは昔から察してくれていた。

このグループでの付き合いが始まった、中学校のＰＴＡの頃から。

ごめんなさいねえ、と康江が返したバッグを受け取りながらリーダー格の主婦は「いいのよぉこれくらい」とケラケラ笑った。康江も調子を合わせて曖昧に微笑む。強い者には逆らわない、それが康江の処世術だった。

そこへ鋭い一突きのような声が隣から刺さったのだ。

信じられへん。おばさんってサイテー。

分かってほしいというのは勝手な言い分だろうか？　リーダー格の主婦が取り上げた席に自分が座っておいて。

好きでこのグループの中にいるわけじゃないのよ、なんて。

私も恥ずかしいと思っているのよ。

グループの人たちが「ねーえ？」と首を傾げるあなたのほうがずっとちゃんとしていることが分かるくらいには私も恥を知っていると言ったら信じてもらえるかしら？

――でも、

ありがとう。

でも私は席がなかったら立つから今度から気を遣わないでちょうだいね。

そう言える勇気がないという意味ではやはり康江も「サイテー」で同じ仲間で括られてしまうのだ。

今となっては、もうとっくに弾(はじ)かれてしまって話題にも上らなくなった人々が羨ましい。弾かれ損ねて、この付き合いは一体いつまでどこまで続いていくのか。


『次は、門戸厄神ー。門戸厄神ー』


夫と息子にはあり合わせのチャーハンを食べさせて、自分は高級中華料理を食べに確実に宝塚へと向かっている。

そのアナウンスではっきりとそれを自覚して、
康江の体はくの字に折れ曲がった。

「ちょっ……おばさん、大丈夫!?」

ぎょっとしたように声を上げたのは隣から言葉の一突きをくれた女子大生だった。躊躇なく背中がさすられる。

「やだ、イトーさんったら!」

「どうしたの!?」

向かいに一列横並びだったグループ一同は、女子大生が声を上げるまで気づかなかったらしい。

「大丈夫!?」

向かいから口々に声をかけられるが、立ってきた人はいなかった。背中をさすり、顔色を窺うのは隣の女子大生だけだった。

「ごめんなさい、ちょっと胃が……」

「まあー。せっかくこれからランチに行くのにー」

「大丈夫？　行けそう？」

女子大生の気配が剣呑（けんのん）になった。とっさに康江は女子大生の袖を強く摑んだ。

何も言わないで。

それが通じたかのように、女子大生は小さな声で吐き捨てた。

脂汗かいてる人にランチもクソもないやろ。

顔を上げるのも辛かったが、康江は懸命にグループの面々に笑顔を見せた。

「ごめんなさい、私はちょっと無理そうだからここで帰るわ。皆さんどうぞ楽しんできてちょうだい。せっかくのお出かけなのに雰囲気を悪くしてごめんなさいね」

「そう？　じゃあ……」

「お大事にね」

電車がホームに滑り込んだ。ドアが開くと、女子大生が康江を支えて一緒に立った。

「すみません、大丈夫だから」

「あたしもここで降りるしついでやから」

確かに支えがないと歩くのが辛かった。

「あらー、お嬢さんごめんなさいね、よろしくね」

グループの面々が口々に声をかけるのを、女子大生は康江を気遣う振りをしながら全て無視した。


ひとまずベンチに座らせてもらい、痛みの山を越えるまで体を折り畳む。

「おばちゃん、歩けるようになったら言(ゆ)うて。確か踏切り渡ったところに内科もやってる婦人科があったと思うし」

確か、というその前置きで彼女のいつも使う駅がここではないことが分かる。

「ごめんなさいねえ、関係ない駅で降ろさせてしまって」

「別に」

信じられへん。サイテー。聞こえよがしにそう呟いた怒りは収まっていないのか、彼女の返事は素っ気ない。

「でも、今日は保険証を持ってきてないから……」

「後で持ってきたらお金返してもらえるやん」

「ここまで来る電車賃がもったいないし……胃薬ならいつも持ち歩いてるから」

「それ早よ言いや」

女子大生はぷいっと改札のほうへ向かった。

その背中を少しだけ見送り、康江は薬を出そうと鞄を開けた。パートで貯めたお金で、これだけあれば家計がどれだけ助かるだろうと後ろめたい思いをしながら買った、たった一つのブランド品だ。

グループの奥さんたちには「もっとほかにも買えばいいのに」「旦那のボーナス時期にねだればいいのよ」と勧められているが、「これが気に入ってるから」と何とかしのいでいる。

財布の中にしまってあった胃薬を一包取り出す。財布はノーブランドで、こちらも鞄とブランドを揃えたらいいのにと言われるが、姑が買ってくれた財布だから使わない訳にもいかなくて、と嘘をついている。本当はパート先の大型スーパーで安売りのときに買った五千円の財布だ。

今日食べにいくはずだった高級中華のコースと同じお値段。

水を買ってこようと腰を上げかけたとき、女子大生が「コレ」とミネラルウォーターのボトルを康江に突き出した。売店で買って戻ってきてくれたらしい。

「あら、ごめんなさい。いくらだったかしら」

「ええよ。水一本くらい」

それではと会釈してボトルを開け、苦い胃薬を流し込む。女子大生は何故か立ち去ろうとせず、ずっと康江のそばに立っている。

「あの……」

不機嫌な顔で親切にしてくれる理由が分からず、取り敢えず訊いてみる。

「どうして……」

「寝覚め悪いやんか」

女子大生は怒ったように答えた。

「あたし、おばちゃんに聞こえよがしに厭味言うてしもうたから……そのせいで胃が痛くなったんやったら、容態落ち着くまで付き合わな」

ああ、いい子だ。ちゃんとした子だ。グループ内の「息子の嫁」の理想像よりこの子のほうがずっと。

自分の息子はこんな女の子と付き合ってほしい。グループの人が「ちょっとねーえ?」と言うとしても、息子がこんな女の子を連れてきたとすれば康江は見る目があると息子を誇るだろう。

「違うのよ」

康江は笑いながら手を振った。

「あなたのせいじゃないのよ」

通りすがりの女子大生。もう二度と会うこともない。——そのことが初めて舌を自由にさせた。

「本当はあの人たちと高いお店に食事に行きたくなかっただけなの。家では旦那と息子にあり合わせのチャーハンを用意してチンして食べさせるようにして、私だけあの人たちと五千円もするコース料理を食べにいくところだったのよ。それを考えると、急に胃が痛くなっちゃって」

それに、と言い訳がましく付け加える。

「あの……お友達が、鞄を投げて席を取ったでしょう。いい人なんだけど平気でああいうことしちゃうの。もちろん、やめてって言えない私が悪いんだけど、あんなふうに取ってくれた席に座るのも、本当は恥ずかしくて嫌なの」

女子大生は不意に康江の隣に座った。

「……ごめんな。事情知らんで厭味言うて」

「いいのよ。私が何も言えないのが悪いんだから」

「それはちゃうやろ」

女子大生が強い眼差しで康江を見つめる。

「おばちゃんが何か言うたら、鞄投げた人がハブにするんやろ。ハブられるの分かってて注意せえなんてあたしかてよう言わんわ。ええ人でも何でもないわ、その人」

「あの……ハブって」

康江には女子大生の使ったその言葉の意味が分からなかった。

「省くからハブ。要するに仲間外れにするってこと。あたしらはそんな意味で使うてる」

「……そんな言い方聞いたことなかったわ、面白いわねえ」

「胃薬いっつも持ってんの？」

女子大生に訊かれて、康江は小さく答えた。

「最近、急に胃が痛くなることが増えて」

「それ、さっきのおばちゃんらと出かけるとき？」

あけすけに訊かれて、素直に頷いてしまった。

「あたしがこんなん言うのも何やけどさぁ」

　女子大生はどうでもよさそうな口調で言った。

「あの人らと付き合うん、やめといたら？　胃薬、そのうち効かんなるで」

　首を傾げた康江に、女子大生は苛立ったような口調で付け加えた。

「ストレスや、ストレス。あのグループにおんのがおばちゃんのストレスになってんねん。急にあんなに具合悪くなって、あの人らと離れた途端にけろっとしてるやん」

　それは康江もうすうす気がついていたことで、だが認めるとまたいろいろ面倒くさそうで、目を逸らしていた部分だった。

「でも……長く付き合ってる人たちだし」

「言うとくけどおばちゃん、あのグループの中で相当舐められてんで」

　遠慮ない口調で言い放たれて、康江は水のボトルを思わず握りしめた。

　それも、本当はうすうす――

「普通、連れがあんだけ具合悪そうになってたら建前でも一回くらい電車降りて様子見るもんやで。あの人ら席も立たへんかったやん。『まあー、今からランチに行くのにー』ってランチのほうが大事みたいに。おばちゃん、あの人らにとっておってもおらんでもええねん。そんだけ舐められてんのに一生懸命合わせて付き合うてええことあるん」

be caught off guard

「……ない、わねえ」

いつもの仲間がいないので、うっかり素直に頷いてしまう。あのグループにいて楽しいことなど、ことにこの数年は加速度的に減ってきた。子供たちが中学を卒業し、進学先がバラバラになってPTAという縛りがなくなったせいだと思う。あのグループと康江には、もともと子供の学校しか共通の話題がなかった。

それにな、と女子大生は急に険しい顔になった。

「価値観の違う奴とは、辛いと思えるうちに離れといたほうがええねん。無理に合わせて一緒におったら、自分もそっち側の価値観に慣れてまうから」

きっと、何か辛いことを経験したのだろう。自分の娘のような年齢なのに、彼女の声は重かった。

「慣れへんかったら、そのうちストレスで倒れるだけやな。おばちゃんストレスに弱そうやし」

女子大生はハハッと笑って「どっちがええ?」と尋ねた。

康江は逆に訊き返した。

「あなたはどうして私にそんな話をしてくれるの?」

女子大生は虚を衝かれたような顔をして、それから——

「あたしも色々間違ったほうや嫌なほうに行きそうなとき、行きずりの人から色んな言葉もらってん。あたしとおばちゃんも行きずりや。そやからかな」

昼間の今津線は、上下線ともにほぼ十分間隔で運行している。次の電車が来る踏切の音が遠く聞こえはじめた。

「ありがとう、あなたは次の電車でもう行ってちょうだい。私も次の電車で帰るわ」

「うん。もう大丈夫そうやけど気をつけてな」

女子大生がベンチから立ち、電車待ちの位置に移動する。

電車が滑り込んできたタイミングで、康江は女子大生に声をかけた。

「少し距離を置くことから始めてみるわね！」

すると女子大生は振り返り、にっと笑って親指を立てた。そして開いたドアから電車に乗り込んで、もう一度康江を振り返ることはなかった。

正しい行きずりの関係のように。

改札を一度出て反対側のホームに向かいながら、康江はゆっくり考えた。

まずは、パートを増やすことから始めよう。夫の扶養控除の問題もあるから、夫と相談しながらギリギリまで。

最近家計が苦しくて。息子の進学のこともあるし。ゆっくり会う回数を減らしていけば、あの女子大生いわく「相当舐められてる」康江だ。声がかかること自体がなくなっていくだろう。

家計を理由にしたらきっと夫の甲斐性のことまで言われるのだろう。けれど夫はそんなことを気にするような性格ではないし、後ろめたい思いをしながらあの人たちに合わせるためだけに自分だけブランド物を買ったり、高い店で食事をしたりするよりずっといい。五千円もあれば、息子の好きなファミリーレストランで家族みんなが外食できる。

そして何より——

知らない誰かに「信じられへん。おばさんってサイテー」と言われなくて済む母や妻になれるだろう。

甲東園駅

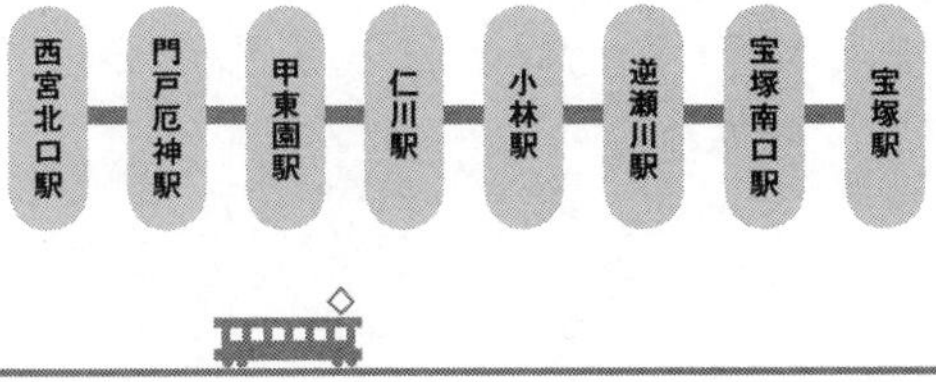

*

同じ車両に乗り合わせた派手なおばさん軍団があまりにもうるさかったので、悦子は別の車両に避難していた。キャーキャーワーワー、単語帳の単語がまったく頭に入ってきやしない。あれなら幼稚園児の遠足とおっつかっつだ。

受験もこのシーズンになると狙える大学はもう定まっている。悦子はドアの側の手すりに摑まりながら単語帳をめくった。

次の駅は甲東園だ。

高校には甲東園でずっと通っていたが、この駅で通う大学には手が届かなかった。悦子の第一志望は私立でほどほどの看護科だ。

ここの大学行きたかったなぁ。届かへんかったけど。

いつもこの駅には、個性的なファッションの大学生が大勢通っていた。いかにも活気にあふれて楽しそうな。

倍率の高い推薦は当然取れず、進路指導でも滑り止めを受けないならランクを落としたほうがいいと言われた。だったらせめて何かの資格が取れるところへ進学しようと看護系の学校を受験することにした。

友達もそれぞれに進路がばらけて、塾も別々になった。だが、自由登校に切り替わった今でも土曜の午後は勉強会と称して教室に集まっている。

もう少しで卒業。そのことが名残惜しくみんなを教室に集めさせている。

勉強会などと言いつつ本当はお喋り会のようなものだ。もう合格が決まった子もいるし、まだの子も志望校の合格圏内は確実にキープしている（もちろん悦子も含めて）。

みんな冒険はしない質だった。能天気に騒いでいるように見えて選択は堅実で確実。みんな臆病だったのかもしれない。直前まで頑張れば行けるかもとか、思い切って一浪してワンランク上をとか、そんなことは考えないタイプだった。今の自分の力に見合ったものをそれぞれに取りにいった。

そして残り少ない時間を惜しんで週に一度の顔合わせを楽しんでいるのだ。

漢字の読めない社会人の彼氏とはまだ付き合っている。

「まだしてへんの？」

臆病なくせに耳年増な友達には事あるごとに訊かれていたが、それにはいつでも堂々と「してへんよ？」と答えられる。

一度だけ、自棄を起こしそうになったことは秘密だ。

*

学校でも通っている塾でも、三月ギリギリまで頑張れば届くかもしれないと言われた。だが、滑り止めはいくつか必要だとも。
滑り止めを受けないならランクを落としたほうがいい。しかし、そう言いながらどちらも滑り止めを受けたうえでギリギリのチャレンジを期待していると分かった。滑り止めを確実なランクにしておけば、まかり間違って本命に受かれば実績になるし、落ちたところで滑り止めも実績に一応入れられるからだ。

惜しいところに来てるんだよねえ。この先の伸びによってはあるいは。

担任も塾の講師も煽るようにそそのかす。当然だ、彼らは悦子の両親のお金を遣うわけじゃない。

滑り止めを使うとすれば合格して権利を保持するために入学金が要る。短大でも数十万、四年制ならうっかりすると百万近くかかる。そのうえ、もし本命に合格できたとしたら、そのお金は全部パーだ。

悦子は長女で、下に弟が二人いる。悦子の受験でそんなに家のお金を遣わせるわけにはいかない。そうでなくとも国公立は狙えない成績で家に負担をかけるのだ。

だが学校も塾もギリギリ届く「かも」しれないコマが惜しかったらしい。かなり粘り腰の説得を受けた。

　無理です。うち、そんな賭けみたいな受験できるほどお金持ちやないですから。下にも兄弟おるし。

塾は辞めて替えることができたが、学校はそうもいかない。

資格の取得を重視して、入学金の振り込み期限を考えながら受験のスケジュールを家族と相談していたのに、担任はしつこく食い下がってきた。

　でも考えてみんか、もしあそこに受かったら拾い物やぞ。

いい加減にしてください、と怒鳴りたかった。「もし」。「拾い物」。そんな確率に家の事情を、お金を賭けろというのか。

あたしかて狙えるほど頭良かったら狙いたかった。ずっと憧れてた大学。自分でも勝算感じてたら親にワガママ言うたかもしれん。

でもそんな怠けんとちゃんと勉強してきて、塾にも通って、そんでも「もしかしたら」にしかなられへん大学なんか志望校にでけへん。

「もし」受かったとしても、滑り止めの入学金ドブに捨てさせるようなことでけへん。せっかく受かったとしても、あたしがあの憧れの大学に行かれへんことに変わりはないんや。だってあたしは家のお金の事情が分かるくらいにもう大人やねんから。

いっそ「お前には無理や」て言うてや。あたしにきっぱり諦めさせてや。それが情やん。

「拾い物」ってあたしにとっての拾い物ちゃうやろ。

学校の合格実績になるっていう、あんたにとっての拾い物やろ！

担任の顔を見るだけで気分が悪くなるようになった。逃げ回ることがストレスになって、担任が期待した成績の伸びは芳しくなかった。

もう届かない。

それが現実になってから、担任はやっと悦子を解放した。

「やっぱりお前はあかんかったなぁ」

そんな残酷かつ無神経な言葉で。

折しもクリスマスが近く、とんだサンタの贈り物だった。


「最近元気ないな」

漢字の読めないバカな彼氏は、バカな代わりに優しかった。イブが平日だったので数日遅れの週末のクリスマスだった。

車で迎えにきた彼氏は悦子の顔色を見て、受験勉強のせいだと解釈したらしい。

「勉強、大詰めやもんな。大変やろ」

違います。

全然、そんなレベルですらないことで消耗させられて、「やっぱりお前はあかんかったなぁ」って言われました。

「無理して出てきたんやったら帰ってもええで、送ったるし」

一瞬、そうさせてもらおうかなと思った。

「帰りたなったらいつでも言いや。でもその前に……」

赤信号で車が停まったタイミングで、彼氏はジャケットのポケットからシンプルな白い紙袋を出した。

「クリスマスプレゼントは一緒に選ぶつもりやったから、それは先渡しの分な。こないだ出張で福岡行ってん」

紙袋には赤い印刷で太宰府天満宮の文字があった。

中身はピンク色のお守りだ。『合格祈願』。

「悦子、受験生やからな。お守り要るやろ。悦子をよろしく頼みますってお参りしてきたで、あの縁側みたいなとこ上がってお祈りしてもろてな」

「それ拝殿やし」

突っ込むべくはきっちり突っ込んでおいて、悦子は尋ねた。

「……あたしが、あたしの受けた学校に合格したらええなって思う？」

「当たり前やろ、何言ってんねん。悦子が選んだとこやろ、応援するに決まってるやん。何を今さら」

信号が青に変わって彼氏は車を走らせた。

女の子だからピンク色。多分ほかに何色があってもそういう単純な理由で選んできたであろうお守りを悦子は目の前に提げた。

「どうする、帰る？」

「何でそんなに帰らせたいんよ」

「いや、だって受験生やし。連れ回すのも気ィ引けてんねんで、これでも」

「受験生にかて息抜き要るわ。——どっか景色ええとこ連れてって」

「プレゼントええんか？　神戸辺りでと思てたけど」

「今日は人混みきついから次でええ」

二人でゆっくりおりたい、と言うと、彼氏の横顔が赤くなった。

「いっつも突っ込みキツイのにたまにかわいいこと言うよなぁ、お前」

六甲でも適当に走るか、と彼氏はハンドルを切った。


大人のキスをようやく覚えたばかりだった。

いつも途中で恐くなって逃げてしまうのだが、彼氏がそれを強引に続けたことは一度もない。気持ちよくて恐い、という理由を言えたことはなくて首をすくめてしまうだけだが、それだけで彼氏はいつもやめてくれた。

何回走っても悦子が絶対覚えられない山道を、最後には必ず景色のいい穴場の路肩に車を寄せる。たまにしか通らない対向車を気にしながら唇を重ねる、少し背伸びの感覚。

その対向車もいつも悦子が首をすくめる理由になっていて——

だから、車を一台過ごしたとき、彼氏は不思議そうに唇の上で囁いた。

「……今、車通ったで」

「今日はもういい。だからもっと」

空いた間を埋めるように悦子から唇を触れさせると、彼氏のキスは激しくなった。

今までずっと加減されていたんだなと分かった。

——長いキスになった。

やがて、

「ごめん、ギブ」

しがみついていた悦子の両肩を摑んで彼氏が遠のけた。

「何で？」

やっとどう応えたらいいのか分かってきたのに。悦子が尋ねると、彼氏は溜息をついてハンドルに伏せた。

「これ以上は俺が無理。我慢できんなる」

そうして見せる困ったような照れたような笑顔。

大事にされていることにもっと浸りたくなった。

「ええよ」

彼氏がぎょっとしたように顔を上げた。悦子は前を向いたまま言った。

「帰り、どっか適当なとこ寄って。もう今日でいい」

「ってお前、……」

「寄って」

我を張るように短く言い張ると、彼氏はそれ以上は何も言わずに車を出した。


ここでいい、と入ってもらったラブホテルは今では名前も場所も覚えていない。

「シャワー先に浴びさせて」

大したことじゃない。緊張するようなことじゃない。同じクラスにだってもう経験している子は結構いる。悦子たちのグループはむしろ奥手なほうだ。

だってもっと浸っていたい。彼はきっと優しくしてくれるから。

バスタオルを巻いてバスルームを出ると、

「……何してるん」

「いや、ちょっと……」

彼氏はベッドの上でバスルームに背を向けて胡座(あぐら)をかき、日光東照宮の見ざるの姿勢を取っていた。

「お願いがある」

「何よ」

「服着て」

ここに至ってその頼みに、悦子のほうがぶち切れた。

「ここまで来て何よそれ！　あたしやったら嫌なん⁉」

「嫌な訳ちゃうわ、当たり前のこと訊くなや！」

彼氏も釣られて大声になり、それからふてたように続ける。

「だって今日の悦子おかしいねんもん。捨て鉢いうか自棄いうか。お前、自分で気づいてるか？　『今日でいい』とか『ここでいい』とかそんな言い方ばっかりや。萎えるわ正直。そやけど俺も男やから、好きな女のそんな格好見たら情けないけどいいかげん我慢の在庫が尽きるんや」

ぎくりと胸が冷えた。——全部バレてた。今日でいい。ここでいい。

二人の初めてに全然前向きじゃなかったことが。

「だって」

声が震えた。その場にぺたんと座り込み、子供のような泣き声が漏れた。

「大事にされたかってんもん……仕事で福岡に行ったのに、あたしの受験のこと忘れんと太宰府でお守り買ってきてくれるあんたに大事にされたかってんもん。キスかてずぅっと加減してくれてたって今日初めて分かったんやもん。そうやって大事にしてくれることに浸ってたかったんや」

「あー、もう……」

彼氏がガリガリ頭を搔く音が聞こえた。

「悦子の泣き方って上の子の典型やんな。声上げんの我慢してしゃくり上げんの。負けるわ」

負けるって何が。訊こうと思うが声にならない。確かにひっくひっくとしゃくり上げる泣き方を悦子はしていて、言葉はその間にようやく挟み込んでいる。

「悦子、いま裸？」

「……タオル、巻いてる」

「ええか？　俺は今からあるだけ理性を使い尽くすぞ。もう一回こんなことやられたら、そんときは我慢でけへんぞ」

そして彼氏は悦子のほうに向き直り、「よし来い！」と両手を開いた。

悦子は迷わず飛び込んだ。ああクソ無体な真似しやがって——と彼氏が小さく呟く声が聞こえた。ごめん、と心の中で詫びる。詫びながらすがりつく。

「何があったんや？」

抱き締められて濡れた髪を撫でられながら、両親にも友達にも言えず一人で飲み込んで我慢していたことを、ゆっくりゆっくり吐き出した。

最後に「やっぱりお前はあかんかったなぁ」で終わらされたことまで。

やっぱりって。最後にやっぱりって吐き捨てるくらいなら、最初から無理な志望薦めんといてよ。あたしは無理やて最初から言うてたのに。ずっと言うてたのに。今年の受験で失敗でけへんから確実なとこ受けたいってずっと言うてたのに。

あたしが一番あたしの限界分かってたのに。

「大丈夫や、悦子はしっかりしたええ子や。下の兄弟のこと考えて親の負担も考えられて、将来の資格のことまで考えられる。悦子の選んだことが悦子にとっては一番正しかった。その教師は全然見る目がないわ、こんなええ子摑まえて」

「あたし、ええ子かな」

「そろそろ着替えてくれたらもっとええ子やな」

follow up

俺にむごいやろ、この状況は。

そうやね、と答えて悦子は服を抱えてバスルームに戻った。

それから「ご休憩」の時間が終わるまで大きなベッドに寝転がって話をした。

大学に入って落ち着いたらどこかに旅行に連れていって、とねだった。近くでいいから少しオシャレなホテルに泊まって、初めてはそのときがいい。

やっと前向きやな、と彼氏は笑って、「あーあ」と溜息をついた。

「でも悦子、大学とか行ってもうたら俺みたいなバカ見捨てられそう。何しろ俺、糸に月やからなー」

大丈夫、と悦子は彼氏の腹の上にダイブした。

「バカでも大好き！」

「フォローなってへんわ、それ」

彼氏は苦笑して悦子を抱き締めた。

＊

甲東園に着いた。

悦子が降りるのと入れ替わりにカップルらしい大学生の男女が乗ってきた。ややパンク風の背の高い青年と、飾り気はないがかわいらしい感じの女の子だった。女の子のほうは胸元に淡い色合いのガラス細工のネックレスが揺れている。

憧れの大学だった。幸せそうな彼らを素敵だなとも思う。でも、もう羨ましくはない。

バカだけど優しい彼氏がどれだけ自分を大事にしてくれているか、もう知っているからだ。

そして悦子は友達の待つ学校へ向かった。

仁川駅

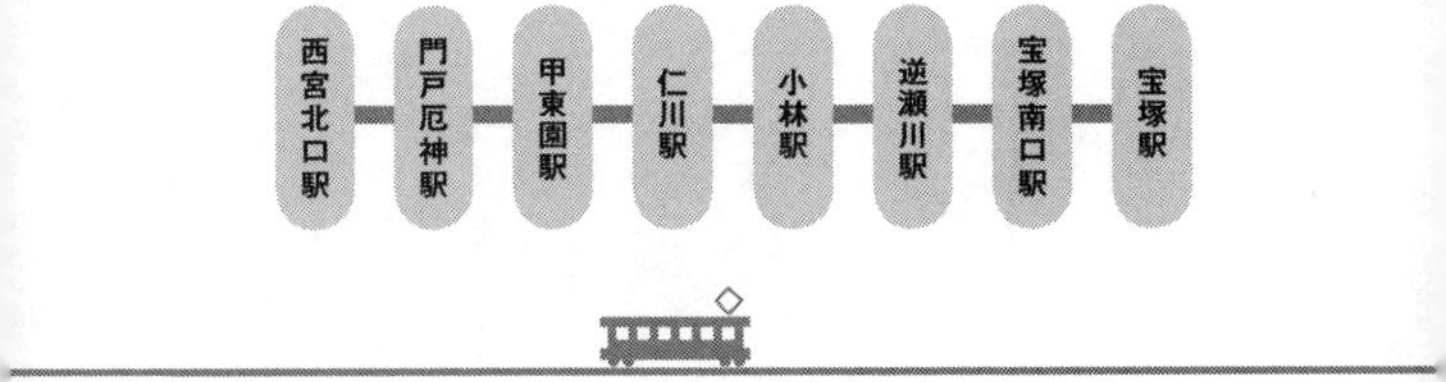

*

「ね、ほら」

みんなはゴンちゃん、圭一だけが美帆ちゃんと呼べる彼女は、電車が甲東園を出てからすぐに差しかかる線路の切り通しで斜度四十五度はある斜面を嬉しそうに指差した。

「あるでしょ、ワラビの枯れ草。夏も伸びたワラビがびっしりだったの」

確かに特徴的なワラビの丸まった枯れ草だった。

美帆もそうだが圭一も田舎の出身なので、こうしたものの見極めはお互い間違いがない。

「うん、ワラビだねえ確かに。……そんで？」

「もうすぐ春だよね」

「うん、だから？」

「きっといっぱい生えるよ。絶対穴場だよ」

美帆がどこへ結論を持っていきたいかは分かっているが、敢えて話を逸らし続ける。

「で？」

「採れないかなあ」

ほら来た。圭一は恐い顔を作って美帆を睨んだ。

「駄目です」

「えー、だって。もったいない……手付かずなのに」

「駄、目、で、す」

圭一は一音ずつ区切りながら繰り返した。

「大体どこから下りるつもり？　線路だよ？　この斜度だよ？」

「えーと、命綱つけて上から下りられる範囲で」

「切り通しの上、工事現場だよ。門で閉まってたでしょ」

「朝早くとか、隙間からちょろっと。別に悪いことしに入るわけじゃないし、ワラビだけ採ったらすぐお暇（いとま）するし」

「駄目」

「でもこないだ現場の人とお話ししたらワラビ要らないって言ってたよ〰〰〰。採れるんだったら採ってもいいぞって笑ってたし」

ああもう、変なところ変なふうに人懐こくておじさんウケするんだから。圭一は溜息をついた。

「そんなの、採れるわけないって分かってて冗談で言ってるに決まってるでしょ」

be paticular about

「採れるよ、田舎育ちだもん」

「関係ない！　うっかり落ちたりしたらどうすんの、大怪我するよ！」

「えー、でも手がかりの木も生えてるし、これくらいの傾斜なら……」

「斜度四十五度は『これくらい』じゃない、断じてない！」

「あっ、じゃあ始発の前に線路の脇からちょろっと入って少しだけ」

「もっと駄目！」

圭一は目を怒らせた。美帆はむうっと唇を尖らせる。

あーもう、そんな顔もかわいいとか思っちゃう俺がビョーキだよ。だが、こればかりはいくら彼女がかわいくても——いや、かわいいからこそ阻止しなくては。

「何でそんなにワラビにこだわるの。別に珍しくもないだろ、俺たち」

「だってあんなに無造作に獲物が手近にあるのに……」

「もー、田舎に帰ればいっくらでも採れるでしょ、そんなもん」

と、美帆は俯いて圭一の袖を摑んだ。

「春休み帰ったら圭一くんに会えないもん」

あっ、畜生かわいい。

圭一は思わず美帆から目を逸らした。折しも圭一も夕べ実家から電話があり、春休みの帰省はどうするのかと訊かれて、美帆のことを思い浮かべつつ「正月に帰ったからいい」と返事をしたところだった。

*

お互い異性と付き合ったことがないと最初から分かっていたので、逆にリラックスして付き合えた。お互い何かを知っている振りをしなくてよかったし、分からないことは少しずつ試していけばよかった。

背伸びするのはお互い向いていなかったので、テンポも合っていたのかもしれない。初めてのデートが西宮北口のコープの中のタコ焼き屋でも二人が楽しかったからそれでいい、というお幸せぶりは、ある意味だれかにぶん殴られても仕方ないほどだったかも。

それでも美帆が圭一の下宿に遊びにくるようになったのは、付き合って数ヶ月が経ってからだ。

おいでよと誘うのも何だか下心があるようで（ないとは言い切れないだけに）、美帆のほうも行きたいという度胸はないようだった。

障壁を乗り越えたのは、圭一がひいた夏風邪だ。

美帆は圭一が携帯メールで送った住所を頼りにアパートまで訪ねてきてくれた。

「圭一くん、自分で料理するって言ってたから台所道具は揃ってると思って」

言いながら美帆が持ち込んできたのは、お粥を作る材料と桃缶だ。米がもう切れていたので、二kg入りの米はありがたかったが、初心者向けの病人食の本も一緒に買い込まれているのが微妙に不安を誘う。しかも付箋が立ってるんですけど大丈夫ですかそれ。

美帆を招き入れてからまたベッドに戻った圭一は、遠慮がちに声をかけた。

「あのー、美帆ちゃん。うちの炊飯器、お粥も炊けるやつだから、よかったら……」

プライドが傷つくかな、と内心ひやひやモノだったが、真剣な表情で鍋類を選んでいた美帆は「よかったぁー」とふにゃっと笑った。

「レトルトじゃあんまりだと思ったんだけど、おばさんとこで練習したお粥あんまり上手にできなくて……二回目だったら何とかなるかなって決死の覚悟だったの」

その返事に笑いながら咳き込むことになった。

決死の覚悟で作るんだから食べてよね！　じゃなくて、決死の覚悟で作る不安な料理を食べさせずに済んでよかった、と笑う美帆は、熱が出ていたことを差し引いても悩殺的にかわいかった。

だから少し甘えたくなったのかもしれない。

炊飯器が説明書通り無難に炊きあげたお粥を茶碗に移して持ってきた美帆に、

「食べさせて」

と頼んだ。例によって美帆の顔が真っ赤に煮上がる。

だが、躊躇しながら美帆は小匙にすくったお粥を吹いて口まで運んでくれた。冷やした桃缶もフォークで小さく切って運んでくれる。

「おいしかった、ありがとう」

「お礼は炊飯器さんに」

美帆は照れ笑いで炊飯器を紹介するように手で示した。

「今度こんなことがあったら、炊飯器さんじゃなくて私が作れるようになって……なっておきたいと思います」

途中で微妙に腰が退けた宣言にまた笑いがこみ上げる。笑うと咳もセットでついてくるのが辛いところだ。

「早く横になって」

美帆が横になるのを手伝いながら、薬が足りているかどうかなどを尋ねる。

「大丈夫、買ってきたのがまだあるから」

答えながら、布団を着せかける美帆の顔が近いことに気づいた。

……ええと。もしかして、今日が初めてのチューということに？

風邪がうつるよ、と一応警告してみた。

美帆は大丈夫、と答えた。

「前期試験終わってるし……帰省するのお盆だし……もしうつっても私はおばさんがご飯作ってくれるし」

それに、体も丈夫なの。

いくつも言い訳を重ねながら、風邪で荒れた圭一の唇に美帆は遠慮がちに柔らかな唇を触れさせた。

体も重なったのはベタベタにベタだがクリスマスだった。

お互い貧乏な下宿人同士なので、圭一のアパートでちょっとご馳走を作り、クリスマスケーキを二人分という予定だった。

ご馳走といっても美帆は料理に不慣れだし、圭一も簡単なものしか作れない。メニューは手巻き寿司と鍋の二択で、冬だからということで鍋になった。

プレゼントはもう二人で用意してあった。梅田のロフトでお揃いのスウォッチだ。圭一の分は美帆が、美帆の分は圭一が買った。

指環やお揃いのアクセサリー売り場に入るのはまだちょっと恥ずかしい、というくらい二人とも「慣れて」いなかった。

だからその日もせいぜい風邪を心配しなくていいキスで解散だろうな、と多分二人とも思っていたはずだ。

プレゼントを交換したときに、圭一からは包みを二つ渡した。

「えっ、何で？」

「いや、男物のほうが時計高いじゃん。だからその分」

「そんなの別によかったのに。私のほうがおばさんとこに下宿してる分、まだお金の自由が利くし……」

「そうもいかんて、情けないじゃろ俺が」

思わず郷里のイントネーションになった。

「まあ開けてみてよ」

さすがに半年以上付き合っているので、美帆の趣味はある程度分かるようになっている。気に入ってもらえる自信はあった。

美帆の開けた平たい箱には、ガラス細工のトップがついたネックレスが収まっている。色味は淡いピンクとグリーンがメインで、繊細なデザインだ。

クリスマスに向けてバイトを増やしていた圭一の懐具合と折り合いがついたのと、これくらいおとなしいデザインなら美帆がたまに着けているのを見たことがあるからだ。

売り場の女性店員に、一点物だしお値段もお手頃ですよと背中を押されたせいもある。

「ガラスなんだけど、職人さんが作ってるから同じ商品でも微妙に色合いとか形が違うんだってさ。そんで、それは一応一点物だって」

モノはそれほど高くないので微妙な言い訳口調になるが、美帆はさっそくネックレスを着けた。

「私、ガラス細工大好きだよ。ありがとう」

ああ、そういえば彼女の故郷はガラス細工が有名な九州の県だったなと思い出す。

「あっ、そうだ！」

美帆が思い出したように手を打った。

「私ももう一つあった！　今日、友達がクリスマスプレゼントくれたんだけど……」

美帆が鞄の中を引っ掻き回す。探し当てたのは長方形の両手に乗るほどの包みだ。

「多分お菓子だと思うから、ケーキと一緒に食べよう」

言いつつ美帆がクリスマスカラーのラッピングを開けはじめ――途中で音が聞こえるかと思うほど硬直した。

「……美帆ちゃん、これはお菓子じゃない」

かわいらしい子供向けキャラクター物のパッケージ、しかし用途は歴然とした大人向けの——さすがにそれが何か分からないほど美帆はウブではなかったらしい。

美帆は例によって煮上がった。包みをほどいた手まで真っ赤になっている。

「ちっ、ちがっ、私なかみっ……」

中身は知らなかった、と弁解したいことは痛いほどよく分かった。その動揺した様子に思わず吹き出してしまう。

「うわーもう！　どうして私だけくれるんだろうって思ったー！」

「それさあ、多分その場で包み開けてほしかったんだよ。そんで、その反応ほしかったんだろうなぁ、友達」

友達が期待した反応は図らずも圭一が独り占めだ。

「もうっ、みんな、もうっ！　おばさん家に持って帰れないよこんなの！」

彼氏ん家に置いといたらええやーん、と美帆を通じて馴染んだ女子たちのからかう声が聞こえるようだ。

「うちに置いとけば？　おばさん、たまに部屋の掃除してくれちゃうんだろ？」

さすがにこれが見つかるとまずいだろう。

「で、でも圭一くんだって友達とか遊びにくるでしょ」

「男同士でこんなの見つかったって別になぁ……彼女がいたらフツーに持ってるでしょ。ちょっとこのパッケージが恥ずかしいくらいかな、どうせなら普通のにしといてくれたらいいのに」

美帆のまん丸になった目で口が滑ったと気がついた。

「……し、しつもん」

美帆がそろりと手を挙げる。

「持ってるの？」

改まって訊かれると答えにくい。

「あー……それはまあ、一応。別にそういう欲求ないわけじゃないから」

「あのぅ、それは、相手が私でも？」

「怒るぞ！」

さすがにそれは失礼な質問だと自分で気づいてほしかったし、美帆もさすがに気づいたらしい。

ごめんなさいと謝った後、上目遣いがきた。遣う相手を間違えなければすべての女の子の絶対最強無敵の武器。——遣う相手は間違えていない。

「クリスマスだし……パッケージが恥ずかしいほうから使っちゃおうか？」

後戻りの利かない弾丸を放ってから、美帆はさっき着けたネックレスを「壊れたらいやだから」と外した。

しかし何しろ経験がない者同士である。

痛がられる度に腰が退け、ごめん大丈夫だからなどと言われても強引なことはできない。痛くないなんて大嘘だと強ばった体で分かる。

「……ごめん、よく分かんないから電気点けていい？」

見て構造を確認できたらどれほど楽かと思わず頼んでしまったが、悲鳴で却下された。

「それはイヤ――――！……頑張るから頑張って」

痛がらないところから少しずつ様子を見て、ようやく何とかなったときにはもうとっくに日付も変わっていて、『パッケージが恥ずかしいほう』をいくつ無駄に使ったかなんて今となっては思い出したくもない。

疲れ果てたのかコトが終わるや美帆は眠ってしまい、その寝顔を惜しいなと思いながら圭一は揺すり起こした。

「美帆ちゃん、下宿帰らないと」

すると美帆からは思ってもみなかった伏線が白状された。

「大丈夫……今日、友達みんなで徹夜でカラオケ行ってることになってるの」

そして美帆は眠たげに目を開けた。

「今日こうなるかどうか分からなかったけど、泊まるだけは泊まりたかったの。お泊まりなんかイベントないと滅多にできないから」

泊まるだけって——その場合は泊まるだけは無理だったんですけど、多分俺が。

友達のプレゼントも美帆が口裏合わせを頼んだからだろう。道理で唐突なはずだ。

苦笑しながら圭一も寝る体勢に入り、悪戦苦闘の夜は二人で初めて迎える朝に繋がった。


そして美帆は「どうしたら痛くなくなるか」を友達に相談したらしく、圭一はしばらく美帆の友達にからかわれる日々が続いた。

何でもかんでも正攻法な美帆ちゃん、それは俺が気まずいと分かってほしかった——とはいえその件について先輩に当たる友達からは適切なアドバイスがあったようで、その後はそのときに痛がる美帆の顔を見ずに済んでいる。

やはり正攻法にはそれなりの価値があったのだろう。

＊

「分かった」

頷いた圭一に、美帆が「えっ、じゃあ」と弾んだ声を上げる。

「駄目、あの斜度は不許可」

たとえ正攻法でもこれだけは駄目だ。

だが、しょぼくれてしまった美帆がぱっと表情を明るくした。

圭一がこう続けたからだ。

「その代わり、春になったらいっぱいハイキングに行こう。ワラビでも何でも山菜が採りたいんだろ？　どっか山に潜れば食えるものくらい見つかるよ。田舎育ちが二人揃ってるんだから」

「やったー！」

美帆は本当に子供のように両手を挙げてはしゃいだ声を出した。

本当にイマドキの女子大生か、これ。

たまに疑問に思うが、そんなところも含めてたまらなくかわいい。

「仁川で降りて甲山（かぶとやま）のコースなら二時間くらいらしいから、今日はそこから下見に行ってみる？　仁川の河川敷歩くだけでもノビルやユキノシタくらい見つかるかもしれないし」

「うん、行く行く！」

はしゃいでいた美帆がふと首を傾げた。

「でも、ユキノシタって煎じて薬くらいにしかならないんじゃ……」

「それがさ、山菜図鑑なんか調べてみると、葉っぱを天ぷらにしたら意外と旨いらしいんだよ。ハイキングコースも阪急沿線にいろいろあるみたいだし」

美帆がまじまじと圭一の顔を見つめた。

「……何？」

「わざわざ調べてくれたの？」

直球で訊かれて、圭一はうっと言葉に詰まった。美帆が甲東園と仁川の間の切り通しのワラビのことを言い出したのはしばらく前で、却下しながら代案を練っていたのは事実だ。

斜度四十五度には挑戦させられない、だが美帆がやりたがっていることには付き合ってやりたい。多分、ワラビを採りたいというのは圭一に会えなくなるからと春休みの帰省を諦めた郷愁も含まれているので。きっと毎年家族で山菜採りに出かけていたのだろう。

「いや、どうせなら俺も楽しみたいし。俺も山潜るの嫌いじゃないし。それだけだから」

と、美帆がするりと圭一に腕を絡めてきた。

そっとすり寄せてきた体がどれくらい華奢で柔らかいかはもう知っている。

「ありがとう、一緒に楽しんでくれようとするのがすごく嬉しい」

ここで殺し文句とくる。

「……じゃあ、斜度四十五度は禁止ね」

やや強引に指切りをさせて、やはり強引に話を変える。

「それよりさ、鳥居の件はどうなったの？　付き合いはじめたときに勇気が出たら訊きにいくって言ってなかった？」

「んー、それはもっと寝かせときたいかなぁ。何かもったいなくって」

何で、と訊くと美帆は笑った。

「付き合いはじめたきっかけだから。思い出すたび胸キュンだから、もうちょっと大事に取っておきたい謎だなあって」

圭一は口をへの字にして美帆を睨み、人差し指で軽く美帆の額を弾いた。

「いたっ！　何で⁉」

おでこを押さえる美帆から圭一はわざと目を逸らした。

外で、無造作に、——思わず抱き締めたくなるようなこと言うからだよ。

そして電車は仁川で停まり、不満そうにおでこをさする美帆と手を繋いで圭一は電車を降りた。

小林駅

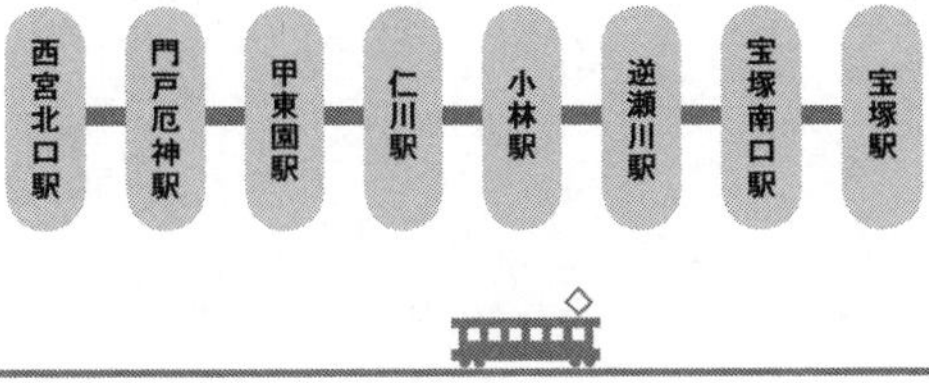

いい駅だから。

*

討ち入りの帰りに見知らぬ老婦人に勧められたその駅のある町に引っ越してきたのは、討ち入りが終わった半年ほど後だった。

幸いなことにそこそこ名の通る企業に勤めていたので、再就職もそれほどまでは難しくなかった。今までは大阪で御堂筋（みどうすじ）だったので今度は神戸にしようと思って、そのとおりになった。今は三宮のデザイン事務所で営業をやっている。

翔子が辞めることないのに。前の会社の同僚からは何度もそう言われた。

うん、でももう辛いから……

せめて、殊勝ぶって笑うのが最後の嫌がらせだ。上司は惜しみながら辞表を受け取ってくれた。元カレと寝取り女がこの先どうなるかまでは知ったことではない。

翔子は彼らの前から望みどおりに消えてやるのだし、今は翔子に同情的な社内も翔子が辞めれば人の噂も七十五日、こんなスキャンダルもあったと事件は風化していくだろう。

小林は住んでみると情緒的な意味だけではなく住みやすい町だった。梅田へも三宮へもちょうど三十分ほどで出られる中間地点なのである。

スーパーやコンビニも多く、そのくせ家賃はそれほど高くない。最初に翔子が提示した家賃では不動産屋に「物件がありすぎて絞れません」と言われた。

結局、駅まで徒歩五分の小綺麗なワンルームを見つけてもらい、それでも翔子が最初に示した金額よりは安かった。

新しい職場はやり甲斐があった。——というよりも、自分が営業向きだったことを発見した、という感じである。

仕事が混んでいるかどうかで週末の休みは流動的だが、別に彼氏がいるわけでもないし友達もそれぞれに忙しく、毎週遊べるわけでもないから不自由は感じない。

今日は忙しくなかったので半休になったが、特に寄りたい場所もなかったのでそのまま帰った。

——けど、あんなおばさん連中と乗り合わせるくらいならちょっと三宮で買い物くらいして帰ってきたらよかったかもしれない。

さすがに席に腰掛ける寸前に鞄を投げられたのは初めてだ。腹立ちよりも驚きのほうが勝った。それは鞄を投げられた席の隣に座っていた女子大生くらいの女の子も同じだったようだ。二人揃って唖然としていた。

気の強そうな女子大生が正義感を発揮してくれようとしたが、この手のおばさん連中には迂闊に関わらないに限る。

鞄を投げた中心人物からして、うんざりするような屁理屈と集団攻撃の訓練だけは無駄に積んでいるタイプだ。人前でみっともない泥仕合になることは目に見えている。自分がそれに巻き込まれるのも嫌だったし、女子大生を巻き込むのも気が引けた。

手振りで制し、素敵なブランドが台無しね、と囁くと女子大生も空気を読んで鎮まった。自分はそのまま前の車両へいくつか移動して、小林駅でちょうど階段の前に着くドアの近くに立った。

あの女子大生は自分が去った後おばさん連中と小競り合いになったりしていないだろうか、とそれだけ少し気にかかった。

しかし、それも景色が流れ出して「街」が「町」に変わっていく中で記憶から薄れた。

甲東園から先、風景がのどかになってくる辺りからが翔子の好きな区間だ。

「ね、ほら。あるでしょ、ワラビの枯れ草」

甲東園から乗ってきた学生のカップル、背の低い彼女のほうが最初の踏切の切り通しの斜面を指差しながら嬉しそうに言った。

「うん、ワラビだねえ確かに」

背の高いパンク風の彼氏も頷いている。見かけにそぐわず意外と育ちはローカルタイプであるらしい。

　彼らが指差して話しているのは、どうやら斜面に茶色く丸まって枯れているシダのようだ。

　へえー、あれワラビなんだ。

　都会育ちの翔子にとって、ワラビなどちょっとしたミニ懐石のお通しか何かで出てくるものだという程度の認識しかない。山菜そばなどを頼んでもどれがワラビでゼンマイだか、この穴の開いたスライスは若竹か何かかという程度の知識である。ましてや料（りょう）られてもいない旬の終わった枯れ草で分かるなんて。翔子は若いカップルを密かに尊敬の眼差しで見つめた。

　と、彼女のほうが春になったらそれを採りたいと言い出し、彼氏のほうが斜度四十五度でワラビ採りなんか絶対駄目ですと言い聞かせるモードに入り、その微笑ましいやり取りがそばで聞いている翔子には甘くて苦い。

　羨ましい、なんてこんな若い子たちに思うことが苦い。

　どういうやり取りでか彼女が急に彼氏からデコピンを食らい、彼女は不満そうだが傍目に見ると理由が分かる。

彼女から目を逸らした彼氏の頬が一刷け朱に染まっている。彼女は余程かわいいことを言ったに違いなかった。そばに寄り添っていると彼女の身長からでは彼氏の頬の色は見えにくいらしく、仁川で降りていくときも彼女は少し不満そうだった。彼氏はあの身長差を照れ隠しの材料にしているのだろう。

二人を降ろしてから電車は小林へ走り出した。時計で計ったことはないので体感でしかないが、この仁川―小林間が今津線の中では距離として一番長いように思う。景色は益々山間に近くなり、それまで山など見えない都会の中心部でしか暮らしたことのない翔子にとってはことに新鮮だ。そのくせ小林から自転車で走っても仁川まで十分そこそこという路線そのもののコンパクトさがいい。多分、西宮北口まで走っても三十分はかからないのではないだろうか。

小林駅を前にガクンと電車が横揺れした。今日の運転士は新米なのか、ブレーキングがスムーズではなく、油断していると慌てて吊革を摑まなくてはならなくなる。

目測どおりに階段の前で停まった電車から降りると、その階段をキャーッと黄色い声が駆け下りてきた。

赤いランドセルに黄色い帽子、恐らく小学校の一、二年生だろう。数人の女の子の集団だ。

滑り込みセーフで間に合った電車に駆け込むのかと思ったら、どうも様子がおかしい。階段の裏側、エスカレーターが設置してある電車の後方へ回り込み、クスクス笑っている。

　その笑い方が幼いくせに既に女の卑しさを含んでいて、翔子は思わず眉をひそめた。

　階段の手前で様子を窺っている大人がいるとも知らないで、少女たちは内緒話を始めた。内緒にしてはやや大きな声は、はしゃいで興奮しているせいだろう。

「○○ちゃんはここに隠れててね！　××さんが来たらわたしたち知らんふりして帰らせちゃうから！」

「う、うん……」

戸惑った風情のままに階段裏に押し込まれたのは○○ちゃんだろう。

　気配を感じて翔子がふと階段を見上げると、階段を下りてくる途中で足を止めた女の子がいた。やはり赤いランドセルに黄色い帽子。その子が少女たちの話している××さんだと分かった。

　××さんはやや表情を硬くして、階段を下りてきた。翔子の前を通り過ぎ、少女たちのほうへ向かう。

　事の顛末に興味が湧いて、翔子は何気ない風情で階段の手すりにもたれた。

「あっ、××さん！」

下手な小芝居でその集団のリーダーらしい少女が声を上げた。

「○○ちゃんだったら先に帰っちゃったみたいよ！　わたしたちも探したけどいなかったし、前の電車に乗ったんじゃないかな？」

××さんは○○ちゃんのことなど一言も訊いていない。

××さんは少女たちから一定の距離を保ってそれ以上は近づこうとしなかった。

××さんは小芝居を打っている少女の後ろでこらえきれずクスクス笑っている仲間たちを完全に無視して凜とそこに立っていた。
○○ちゃんはほんの数歩先の階段裏に隠れている。
黙ってそこに立ち尽くしている××さんに、リーダーの少女は急に不安になったらしい。

「○○ちゃんだったら先に帰ったって言ってるでしょ！」

翔子からは××さんの後ろ姿しか見えないので、彼女がどんな顔をしてそう言ったのか知らない。

「きいてないのに教えてくれてありがとう」

――お見事。

何気なくその場の空気にまぎれていた翔子の横を通り過ぎたとき、××さんは硬い表情のまま、しかし泣いてはいなかった。

そして、少女たちから離れたホームの先頭へ歩いていった。その先はベンチがなくなるギリギリの位置まで。

そして少女たちから一番離れたベンチに腰を掛ける。

その伸びた背筋からメッセージが伝わってくるようだった。


大丈夫よ、わたし、次の電車が来てもそっちのほうなんか見ないから。電車に乗るときあなたたちの中に〇〇ちゃんがいるかどうかなんて絶対探さないから、安心してね。


こんな年でも少女たちはもう女だった。卑しく、優柔不断で、また誇り高い。

あんな幼い、小さなコミュニティの中に、既に様々な女がいた。

幼い誇り高さが翔子に気まぐれを起こさせた。立ち去った××さんのほうへ歩み寄る。

「隣、いいかしら？」

話しかけると、××さんは怪訝そうに顔を上げた。我の強そうな顔立ちは、幼いころの翔子に似ていた。

「……どうぞ」

今どきの子供は知らない人と喋ったらいけませんという教育が徹底しているのだろうか。××さんは翔子を警戒していることが丸分かりだった。

「私、あなたの知らない人だけど犯罪者になるつもりはないから安心してね」

「……はい」

「ちょっと声をかけたくなったの。さっきのあなたはとてもカッコよかったわ」

××さんは目を瞠り、そして耐えかねたように涙をこぼした。

翔子は鞄からハンカチを出し、××さんに渡した。最近は防犯のためだろうか、小学生は名札もつけていない。内緒話で聞き損ねた名前は結局分からないままだった。

「使って。あげるわ」

「でも、ママに怒られる……」

「転んで泣いてたら親切なお姉さんがくれたって言えばいいわ。電車が来たとき泣いてるのが分かったら悔しいでしょう。今なら私が壁になってるから」

そう言うと、××さんはぎゅっと唇を結んで黙々とハンカチで目元をこすりはじめた。

やはり誇り高い。

××さんを仲間外れにしようとした少女たちがこちらを気にしているのは肩越しに窺う

気配で分かった。

「あなたみたいな女の子は、きっとこれからいっぱい損をするわ。だけど、見ている人も絶対いるから。あなたのことをカッコいいと思う人もいっぱいいるから。私みたいに」

だから頑張ってね。

翔子がそう言うと、××さんはハンカチから顔を上げた。

「お姉さん、幸せ？」

――痛いところを衝かれた。苦笑しながら答える。

「幸せになるはずだったんだけど、ちょっと失敗しちゃってやり直し中かな」

でも再就職は順調だった。住みやすい町にも引っ越せた。そして、――幸せが裏切ったときも刺したいように刺した。後悔はない。

「でも、後悔はしてないわ。ちょっと出遅れたけど、絶対幸せになるわよ」

「じゃあ、ショウコもがんばる！」

今度は翔子が目を瞠る番だった。字は分からないけれど、同じ名前なんて何という奇遇だろう。

カンカンと遠くから踏切の音が聞こえてくる。来るのは西宮北口行きの電車が先だ。

向かいのホームから電車が過ぎ去って、今度はこちらのホームに電車が来る踏切の音だ。

「じゃあ、元気でね」

翔子が立ち上がると、ショウコちゃんも笑顔で手を振った。そしてまた背筋を伸ばして正面を見る。彼女の敵が目に入らないように。

階段の手前で翔子は一度足を止めた。

翔子たちの様子を窺っていた少女たちを冷やかに眺める。なりは子供だが、中身はもうそれぞれに女だ。手加減の必要はない。少女たちはそれが侮蔑の眼差しであることを直感で察している。だが、翔子に反抗的な表情を返すでもなく、ただ気まずそうに目を伏せるだけだった。

こんな年頃でも女は相手のランクを見抜いて接するが、翔子は自分が子供に舐められるほどちょろい女ではないことを知っていた。自分は老若男女を問わず大抵の相手には威嚇が利く女だ。牙を隠す術は知っているが、一度牙を剝いたら確実に相手の首を獲りにいく。見知らぬ老婦人に案じられ、諫められたほどに。

——こういう女は幸せになりにくいんだけど。

思わず苦笑がこみ上げる。——でも。

じゃあ、ショウコもがんばる！

字面（じづら）を知らないショウコちゃんとの約束だから幸せにならなくちゃ。——仁川で降りていった、あの幸せそうな若いカップルのように。

あの二人を見て苦みを感じなくて済むように。

階段を半分ほど上ったところで、ホームに電車が滑り込んできた。ドアが開いて、乗客たちが吐き出されてくる。

と、

「あれぇー？」

乗客のざわめきの中に大きな声が上がり、軽快なヒールの音が階段を駆け上がってきた。

あれっ、この方向はどうやら自分をロックオンしていないか——と振り向くと、

「あ、やっぱり。さっきのお姉さん」

追い着いたのは西宮北口で袖摺（す）り合った女子大生だ。縁は座席に投げ込まれたブランドのバッグ。

「どないしたんですか、前の電車で行かはったんちゃうんですか？」

「あなたこそ——どうして一本遅い電車になってるの？　あ、まさかさっきのおばさんと一悶着とか……」

「あ、ちゃいますちゃいます」

安心させるように女子大生は顔の前で小刻みに手を振った。

「ちょっと人生の機微を味わってきました」

その言い方がおかしくて、翔子は小さく吹き出した。

「実は私も電車を降りたところで人生の機微を味わってたところなの」

西改札に向かう通路を並んで歩きながら、今度は女子大生が吹き出す。

「何やしらん、奇遇ですねえ」

「ホント」

何だか少し楽しくなった。幸せの種なんてこんなところに転がってたりするかも。

「ねえ、もし時間があったらどこかでちょっとお茶でも飲まない？　私の味わった機微も中々のものだったのよ」

「ええですねえ！　あたしもお姉さんにはちょっと話したい機微やわ」

「あら、私にも関係あるの？」

「ありあり、大あり！　当事者やもん」

となるとあのおばさん連中の話だろうか？　興味は存分にそそられた。

「でも私、この辺に引っ越してきたばかりでお店をあまり知らないの。あなた分かる？」

「駒の道まで出てもええですか？　ランチタイムでケーキセット頼むとコーヒーお代わり自由のイタリアンのファミレスがあるんです」

「ええと、駒の道って……」

「中津浜線です」

「あ、分かったような気がする。交差点を渡らないで業務用スーパーの角を右に曲がるのよね？」

「そうそう、そこ。安くてけっこうおいしいんです」

女子大生の指定はたぶん、懐具合からくるものだろう。お茶くらい奢れるからどこでもよかったが、今は奢りたくない。

彼女とは何だか年の離れた友達になれそうな気配がしていたからだ。最初に奢ってしまうと相手が引け目を感じて繋がる縁も繋がらなくなる。そういうものだ。それなら相手の懐具合に合わせたほうがいい。

「お姉さんにはちょっと釣り合わへんかもしれんけど……」

やっぱり女子大生は微妙な引け目を抱いている。

「そんなことないわよ。社会人でも一人暮らしは苦しいんだから。贅沢はたまにするから価値があるのよ。閉店前のスーパーの値引きとか回転寿司とか大好きよ、私」

「それならよかったわー」

人から見たら姉妹にでも見えるかしら。そんなことを考えて楽しくなった。

よし、まずは幸せに第一歩。

お茶を飲み終わったら、きっとこの年になると作ることが難しい友達が一人増えているだろう。

逆瀬川駅

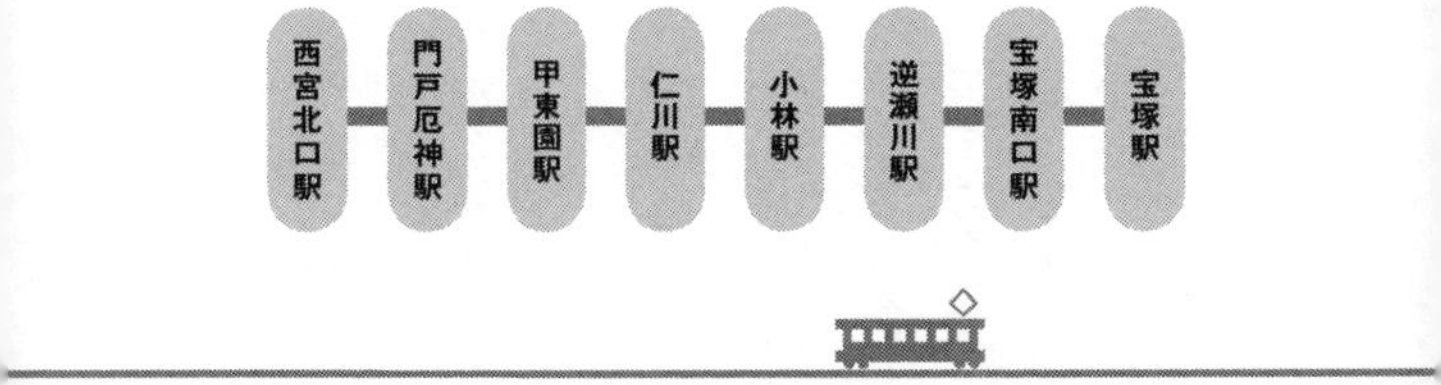

あらあら。

＊

時江は宝塚行きのホームで隣の待ち位置に立っていた若い男女をさり気なく眺めた。年を取ると一日一日が飛ぶように過ぎる。一年さえ気がついたら過ぎているというのに、半年前などまるで昨日のことだ。

国際的知名度を誇るネズミが派手にプリントされたキャンバス地の大きなトートバッグは、時江の記憶からすぐにその光景を拾ってきた。

そのときは向かい側のホーム、階段の途中だった。

今、彼女の隣に立っている青年が懸命に彼女を誘っているところで、彼女のほうも笑顔で応じていた。たまたま時江が見かけたその微笑ましい恋の始まりは、順調に微笑ましい恋に発展したらしい。二人は今、軽く手を繋ぎ、笑顔で話しながら電車を待っていた。

時江のほうはミニチュア・ダックスの入ったケージを持ち、孫娘の亜美と電車を待っている。亜美はマロンだのショコラだの洋風のこじゃれた名前をつけたがっていたが、命名

smoothly

は飼い主たる時江の権限である。

好みとしては和犬がよかったのだが、和犬は小型種が少ない。柴犬でもかなりの運動量を毎日必要とするし、調べてみると老いてから飼いはじめる犬としては難しかった。

豆柴という犬種もあったが、これは豆柴といいつつ普通の柴犬並に成長してしまう個体も多いらしく、この選択もまたリスキーだった。

結果、亜美が欲しがっていた黒いロングのミニチュア・ダックスを飼うことになったが、名前だけは譲れない。

『ケン』というのがその名前だった。昔、実家で飼っていた甲斐犬の名前である。息子が保育園に上がる頃まで生きていたのだが、息子はもう名前まで覚えていないらしく「意外とひねりのない名前だな」などと感想を述べていた。

亜美に至ってはもっとカワイイ名前がよかったとお冠だったが、知ったことではない。時江はそうしたところで決して孫に甘いおばあちゃんではなかった。

だが亜美も半年経つとケンという名前に馴染んだらしい。犬目当てによく泊まりにくるようになり、昨日も幼稚園の帰りに息子の嫁がすみませんと詫びつつ預けていった。ケンを飼いはじめてから、時江の家はますます態のいいお泊まり保育所と化している。

「おばあちゃん、ケンのケージ亜美が持つー」

「無理よ、さっきも階段下りられなかったでしょ」

「待ってる間だけなら大丈夫ぅー」

電車に乗る前にぐずらせると面倒なので、時江は仕方なくケージを亜美に渡した。

「もっと後ろに下がりなさい。絶対ケージを落とさないのよ。持てなくなったらすぐ私に返してちょうだい」

言いつつ亜美がケージを取り落としても摑まえられるようにそっとケージを支えておく。

だが、結局亜美は電車が来るまでケージを持っていられなかった。

「もう返すー」

「だから言ったでしょう」

時江が亜美からケージを受け取ったとき、やってくる電車の踏切の音が聞こえはじめた。

結果として、電車に乗る前に亜美をぐずらせるとかぐずらせないとかいう配慮など全く無用だった。

これほど騒がしい電車に乗る機会というのもついぞなかったわね。

電車のドアが開いた途端、甲高い女性の笑い声や喋り声が飛び出してきた。これが子供や学生なら騒々しくてもまだあっけらかんとして邪気がないのだが、ある程度以上の年代の女性となると途端に慎みがなくなるのは何故だろう。

ともあれ、その車両は座席一列の半分以上を占拠したご婦人方の嬌声で満ち溢れていた。人数にしてたかが五、六人だがとにかくお喋りの声がすごい。一列に座っているのに全員で話題を共有しようとするものだから、全員が声を張り上げるように喋っているのだ。

車内の乗客が少ないのは彼女たちがこの車両に乗り合わせていることと無関係ではないだろう。乗客たちは苛立った様子や迷惑そうな様子を露骨に見せていたが、お喋りに夢中の奥様方は気がつく様子もなかった。

あまりにやかましかったためか、車両に乗り込むときにケージの中でケンが怯えたように鼻をキュンと鳴らした。その声に気づいた奥様の一人が時江の持ったケージを見て軽く顔をしかめる。

彼女たちの席に一番近いドアから乗ってしまったが、できるだけ離れたほうがよさそうだ。亜美の手を引き、向かいのドアの付近に立つ。

ギャーギャーと南国の鳥が鳴き喚いているような奥様方を、亜美は興味津々で見つめている。音や光に反応するのは幼児の特性だ、仕方がない。そして大人でさえただ無視することが苦痛な騒がしさだった。

そして亜美は「何で」「どうして」がやかましい年頃でもある。

「おばあちゃん」

亜美は時江を見上げてから奥様方のほうを振り向いた。

「どうして大人の人なのにうるさいの？」

奥様方の声で時江に聞こえないと思ったらしい、気遣って声を大きくしたいかにも子供らしい無邪気な問いかけは亜美が思っている以上に広い範囲に届いて、周囲の乗客が数人ぷっと吹き出した。

「亜美、こないだお幼稚の遠足で、先生に電車の中では静かにしなさいって言われたよ。大人になったらいいの？」

これでまた数人が吹き出す。

時江は肩をすくめて孫娘を見下ろした。

お前もややこしいところへアヤをつけにいったものだわね。誰に似たのかしら？

奥様方のお喋りは途切れ、眦を吊り上げてこちらを睨んでいる。

「ちょっと！　子供にどういう教育してるのよ！」

口火を切ったのは真ん中に座っていた中心人物らしい奥様だった。

時江もくるりと彼女たちを振り向いた。

「孫には基本的に常識を教育しておりますが」

その切り返しにまた乗客の嘲笑が漏れ、奥様方はますます怒りで顔を赤くした。

「な……何が常識よ、電車に犬なんか連れ込んでるくせに！　それで常識を教育なんて、子供の将来が知れるわ！」

おやおや。私に喧嘩を売ったわね。

この子の将来をどうこう言えるのは息子夫婦と私だけだというのに。

時江はケンのケージを片手に提げ、もう片方の手で亜美の手を引いて、奥様がたの前につかつかと歩み寄った。

まだ老いは感じさせない律動的な足取りに、奥様がたがやや慄いた様子を見せる。眼前まで来るとは思っていなかったのだろう。

そして時江は適切に声を張った。昔、高校で教鞭を執っていた頃のように。

「いいこと？　犬・猫はケージに入れて所定の料金を払えば正当に車内に持ち込めるのよ。私と孫はそのルールに則ってこの犬を車内に持ち込んでるの。これがその切符よ」

時江は犬猫用の切符をハンドバッグから出して彼女たちに掲げた。

「私たちに向けられた常識がないという発言には根拠がないということになるわね。これは阪急電鉄が作った規則だから、文句があるなら阪急電鉄に言うがいいわ」

反発は斜め上だった。

required ridicule no basis

「犬が臭いのよ！」

声を荒げたのは、乗り込むときにケージを見て顔をしかめた奥様だ。

時江ではなく、亜美に視線を合わせて。

「犬が臭いのよ！　迷惑だから近づかないでちょうだい！」

亜美の顔が真っ赤になった。

「臭くないもん！　ケンはきのう亜美がシャンプーしたばっかりだもん！　ケンはいつもちゃんとシャンプーしてるもん！」

時江との舌戦が分が悪いとなったら今度の標的は年端もいかない子供か。

さてどう料理してくれようか——と思ったとき、

「犬の臭いなんか分かるわけないよねぇ？」

若い女性の声が割って入った。

いつの間にか場に入り込んできた例の微笑ましいカップルだ。彼女のほうは国際ネズミのキャンバス地トートがトレードマーク。

「香水が入り混じってクシャミが出そうだもの、この辺」

酔いそうやな、と話しかけられた彼氏のほうも頷いた。

爽やか美人な彼女はにっこりと奥様連中に笑いかけた。

「随分お高い香水使ってらっしゃるみたいですけど、正しい香水の付け方ってご存じですか？　耳の後ろや手首にほんの一プッシュでかまわないんですよ。制汗スプレーみたいにたくさん吹きつける必要ないんです。却って他人には不快な匂いになりますよ。皆さんはもう嗅覚が麻痺して自分で分からないみたいだけど、これで犬の臭いが分かるんだったら犬より鼻がいいんですね」

全員図星だったのか、一瞬で顔が紅潮した。反駁する余裕もない。

「きっとそのワンちゃんのシャンプーのほうがいい匂いよ」

笑いかけた彼女に、亜美も嬉しそうに頷いた。

「ケンのシャンプー、お花の匂いなの！」

よかったわね、と笑った彼女が再び奥様方に向き直る。そのときは真顔になっていた。

「人間は得ですよね。犬よりうるさくても犬みたいにケージに入れられなくて済むんですもの」

時江の喧嘩を彼女が横からかっさらった形である。それは申し訳ない——と取り返しの算段を時江が考えていると、彼氏が絶妙のタイミングでオチをつけた。

「券売機でモラルは売ってへんからなあー」

そのとき、電車のアナウンスが入った。

『次は、宝塚南口ー。宝塚南口ー』

と、中心人物の奥様がさっと立ち上がった。

「みんな、ここで降りましょ！」

「え、でも今日は宝塚で……」

「この人たちのせいで気分じゃなくなったわ、今日は宝塚ホテルでランチにしましょ」

減速する電車の中で奥様方はばたばたと降りる準備を始め、電車が停まってドアが開くや全員で降りていった。

入り混じって鼻がバカになりそうな香水の匂いを残して。

沿線随一の高級ホテルである宝塚ホテルの名前をわざわざ出したことが最後っ屁という感じだ。

「……うわー。あの集団捌くんか、宝塚ホテルも災難やなあ」

「悪いことしちゃったかな」

彼女が申し訳なさそうな表情になる。時江は横から口を挟んだ。

「大丈夫よ、歴史も格式もあるホテルだわ。あんな客のあしらいも心得てるはずよ」

pull the reins

ならよかった、と何となく談笑の雰囲気になりながら、ごっそり空いた座席には座らず強烈な残り香から逃げるように離れたドアのほうへ移動する。

「お礼を言わなくちゃいけないわね。加勢してくれてありがとう」

「いえ、そんな……」

恥ずかしそうに俯く彼女を彼氏が軽く小突いた。

「意外と喧嘩っ早いもんな、君は」

そして彼氏は笑った。

「たまに後先考えへんからヒヤヒヤするんです」

そういうあなたもなかなか皮肉が効いてたわよ、とこれは時江一人の胸に収める。

「でもまあ、今日はけしかけてもええかな思たんで」

手綱はしっかり引いているようだ。

「けしかけてもらって助かったわ」

「余計なお世話かとも思ったんですけどね」

彼氏はいたずらっぽく笑った。

「一人で撃破できる攻撃力は持ってはるみたいやったけど、お孫さんとワンちゃんが一緒やったし包囲戦のほうがええかなって」

「そうね、お陰で手っ取り早かったわ」

やっぱ勝てるのは勝てるつもりやったんや、と彼氏はおかしそうにまた笑った。

彼女は亜美に視線を合わせるように屈み、ケージの中を覗き込んでいる。

「かわいいね、ミニチュア・ダックス？　お嬢ちゃんの犬？」

そう訊いた彼女に、亜美が嬉しそうに頷こうとした——ところへ、時江は口を挟んだ。

「いいえ。これは私と主人の犬なのよ」

亜美が目に見えて膨れる。

「亜美もお世話してるもん……」

「あなたは手伝ってくれてるけどそれだけ。飼ってるのは私とおじいちゃんよ」

「おじいちゃんお墓じゃない……」

「でも私とおじいちゃんの犬なの。いつも言ってるでしょう」

この件に関しては時江は一歩も譲ったことはない。

「あなたが自分の犬を飼いたかったら自分で責任が取れるようになってからになさい」

「だってケンがいいんだもん」

援護してくれたカップルは目を丸くして時江と亜美の攻防を見つめている。自分と亜美の関係は、祖母と孫の姿としては随分と奇異に見えるだろう。

何しろ孫というものは猫かわいがりするのが当然だそうなので。近所の茶飲み仲間にも「せっかく孫がしょっちゅう遊びに来てくれるのに、よくもそんなにあっさりあしらえるもんだ」と呆れられる。

「駄目。ケンは私とおじいちゃんの犬よ」

甲斐犬のケンに尻っぺたを噛まれて犬恐怖症になった夫。

あの人が恐くないように今度のケンは小型犬にしたんだから。

「いじわるー！　おばあちゃんのいじわるー！」

「意地悪で大いにけっこう。でも電車の中で騒ぐのはやめなさい、駄々を捏ねるとドッグランに行くのはやめるわよ。花の道のソフトクリームもなし」

花の道というのは宝塚駅から宝塚劇場まで通っている遊歩道で、季節折々の花が植えてある。遊歩道の脇にはこじゃれた店の入ったモールがあり、その中の菓子店で売っているソフトクリームが亜美の大好物なのだ。

「いじわるー……」

亜美が納得いかない様子ながらも声だけは小さくする。

彼氏のほうが大きく吹き出した。

「おばあさん、お孫さんやのに容赦ないですね！　僕、おばあちゃんってもっと孫に甘いもんかと思ってましたわ」

「世間一般の規準とはちょっとずれてるらしいのよ、私は」

時江のしれっとした返事がまたツボに入ったらしい、彼氏が声を殺して笑う。

と、その彼氏の袖に彼女が手をかけた。

「征志くん……ごめん、酔いそう」

彼女の顔がいつの間にか青ざめている。

「ああ、香水ひどかったからなぁ。車両移ろか」

名前を呼ばれた彼氏が彼女を支え、時江に向き直った。

「すみません、彼女乗り物弱いんですわ。さっきの香水けっこうきつかったみたい。僕ら隣の車両に移ります」

奥様方の席から離れて残り香はわずかに漂ってくるだけだったが、彼女にはそれももう気分が悪いらしい。

「すまなかったわね、電車酔いさせてまで援護してもらっちゃって」

と、彼女のほうが青い顔を上げた。

「いいえ。単純に私が不愉快だったんです、あの人たち。意地悪なんですよ、私。香水の付け方も知らないで何言ってるの？　って恥かかせてやりたかったの」

「いい根性ね」

若い頃の私に似てるわ、と言ったらこの二人には不本意だろうか。

「それじゃ」

彼氏が軽く会釈をし、彼女を支えて後部車両のほうへ歩いていった。

彼氏のほうは征志くん。

彼女のほうの名前を聞きそびれたのが少し心残りだった。

宝塚南口駅

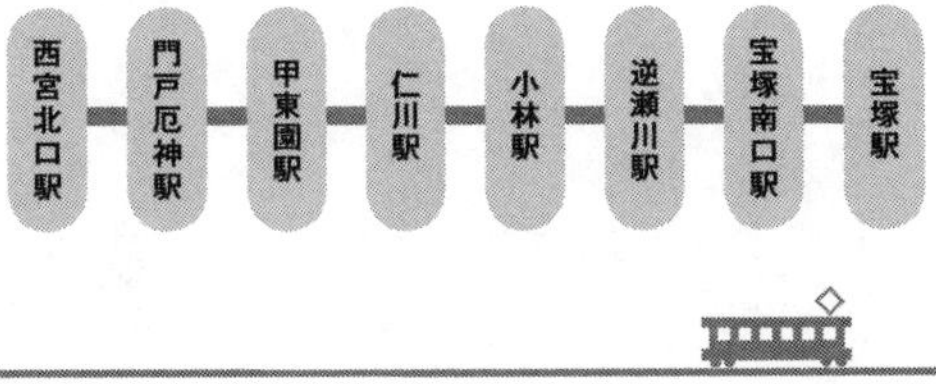

一風変わったおばあちゃんと孫に別れを告げて、征志は近かった連結ドアから最後尾の車両へと移った。

「ユキ、大丈夫か？　何なら宝塚で少し休むか？」

彼女は征志に支えられて首を横に振った。

「香水、もう臭わなくなったから平気。ありがとう」

「座るか？」

席はぽつぽつと空いていて、ユキ一人くらいならどこかに座れそうだ。

「いいよ、あと一駅だし。一緒に立ってる」

武庫川の鉄橋を渡る区間といえば、立つポジションは二人の間で決まっている。ドアはどこでもいい、鉄橋の川上側だ。

＊

そこから見下ろせる大きめの中洲は、今はただの中洲に戻ってしまっている。

初めて声を交わしたとき、その中洲に石積みで造られた大きな『生』という字があった。

多くの人が気にも留めない中洲のその文字に気づいて生ビールを呑みたくなったという

ユキと何の成り行きかそのまま電車で話し込み、そのときのユキは征志にとって自分の側から一方的に知っているだけのライバルだった。

中央図書館で面白そうな本を鼻先でいつも奪っていく、悔しいことに好みのタイプの女。その彼女が逆瀬川駅で電車を降りていくときに言ったのだ。

次会ったとき、一緒に呑みましょうよ。

中央図書館。よく来てるでしょう。だから、次に会ったとき。

自分からだけじゃなかった。彼女からもロックオンされていた。それを知らされて一瞬で恋は走りはじめた。

電車を飛び降り彼女を追いかけ、次じゃなくて今日呑まないかと息を切らしつつ誘った。幸いなこと彼女はフリーで、その誘いに乗ってくれた。連絡先の交換もこんなに巧くいきすぎていいのかとちょっと自分の運を疑いたくなるほどあっさりとクリアした。

そして付き合いは、お互い空いている土曜日に逆瀬川で待ち合わせて中央図書館へ行くという今どきの高校生よりもお行儀のいいところから始まった。高校生と違うのはたまにオプションで帰りにアルコール付きの食事がつくことくらいである。

図書館に行くたびにその中洲を二人で見下ろした。

今日もあるね。

今日もある。

中洲の『生』の一文字は、誰かが手入れをしているらしく、夏草が茂る季節になっても文字を覆い隠そうとする草が引かれていたり、石が崩れ輪郭がぼやけてきても積み直して整えてあったり、かなり長い期間ひっそりとそこに在り続けた。

しかし、台風や長雨をいくつか過ごし、その増水の激しい流れを被って、今となってはさすがに何の変哲もない中洲に戻っている。

なくなっちゃったね。

なくなっちゃったな。

粘り強かったね。

よく頑張ってたよな。

そんな会話を交わす頃には、もうお互いの部屋を行き来するようになっていただろうか。

*

図書館デート、たまに食事付き。

そのたまの食事付きだけで彼女がかなりの酒好きであることは知れた。そもそも『生』の一字で生ビールを呑みたいという連想に繋がった彼女である。征志が勇気を振り絞った誘いも店は彼女の行きつけの居酒屋になった。女性が一人で呑める行きつけの店を持っているということ自体が相当の呑んべえである証明だ。

征志も酒は弱いほうではないが、おそらく本気で腰を据えて呑み比べたら負けるのではないか、という危惧さえあった。

そのうえ、ユキは呑んでも崩れないタイプときていた。いくら呑んでも帰りはしゃんとしている。隙というものが欠片も発生しないので、お行儀のいい付き合いはお行儀のいいままだった。

その鉄壁のガードが崩れたのはお中元のシーズンだった。

征志の勤め先では、会社宛に届いたお中元は生物以外すべて手をつけずに置いておき、中元当日が来たら全社員でくじ引きの景品にするのが慣例である。そこそこの規模の会社なので届くお中元の数も多く、そうした意味では当たりが多くて割のいいくじ引きだ。

下戸がビールを引いたり、逆に酒呑みがジュースや干菓子を引いたり、引き当てた後で『景品』を交換するのは自由である。

このとき征志が引き当てたのは酒豪が揃って狙っていた景品である。土佐の地酒であるという『桂月』、しかも一升瓶。毎年各地の地酒を送ってくることで有名な取引先だった。交換を何度となく申し入れられ、前年までだったら征志も多分応じたと思う。酒にそれほどの思い入れはなく、ビールか何かのほうが一人暮らしには気軽に片付けやすい。

だが——「なあ、一人暮らしで一升は持て余すやろ?」懐柔しようとする先輩や上司を、征志は最後までかわしきった。「皆さんかて、ご家族の中で呑むんはお一人ですやん。僕かてたまにはええ酒呑みたいですわ」一気に呑むのでなければ一升瓶を持て余す酒量ではない、と知られているのも功を奏し、征志は引き当てた景品を無事に家まで持って帰った。

本当は日本酒が特別に好きというわけではない。何でもオールマイティに呑むがこれというこだわりはないタイプだ。そして一人のときは滅多に呑まない。

だが、気の合う奴となら楽しく呑めるし、何よりも——酒なら何でもおいしく頂けるという彼女ができた。

ユキが美味い酒を呑むときは本当に嬉しそうなのである。

デートはお互いの誕生日以外は割り勘というルールをユキが最初に提案したので、ユキは高い酒を呑むときは必ず征志にお伺いを立てる。

そしてその一杯を実においしそうに呑むのだ。その表情があんまり幸せそうで、征志はいつも「どうせならもう一杯いけば」と勧めるのだが、ユキが頷いたことはない。一度の呑みで高い酒は一杯だけと決めているらしい。これと決めた一杯は大事に呑む、そうした呑み方はおそらく「嗜（たしな）む」というのだろう。

多分、会社の呑み会で無茶に勧められても「せっかくのお酒の味が分からなくなりますから」と笑顔でかわすんだろうな。そんなことまで想像がつき、幸せそうにいい酒を嗜むユキを征志は幸せに見守るのだ。

そんな彼女に珍しい地酒を呑ませてやりたくもあったし、彼女が必ず釣られるであろう銘酒で隙を誘いたかったというのもある。

誘いは電話でかけた。

「ちょっとしたツテで高知の『桂月』って日本酒が手に入ってんけど……」

店に自前の酒を持ち込むわけにはいかない。呑むならどちらかの部屋ということになるだろう。

「えっ、『桂月』ってあの『桂月』!?」

ユキの食いつきはさすがだった。

というか、決して全国区でメジャーではないというその銘柄に反応したことがすごい。

「昔、大阪のどこかのお店で呑んだことがあって……おいしかったなぁ」

味の記憶を反芻（はんすう）しているらしい。声がうっとりしている。

「高知県出身の人が呑み会のメンバーに混じってて勧められたの。こんなの置いてるお店めったにないから呑んどきなって」

　確かに普通の店で地酒として置いてある高知の酒は全国区選手になっている『土佐鶴（とさづる）』や『酔鯨（すいげい）』程度だ。

「それでそのときのその人の話がおもしろくて。おいしい日本酒っていうのは基本的に水と米がいい土地じゃないと造れないんだって。だからほら、銘酒どころって大体米どころと重なってるじゃない。新潟とか。でも、高知って田舎だから水はいいとしても、お米はそんなに有名じゃないでしょ？」

　確かに、高知で特別いい米が取れるという話は聞いたことがない。

「だから酒造で既に一歩不利なはずなのに、『土佐鶴』とか新酒鑑評会で金賞常連、もう十五回だか十六回だか連続受賞してるうえに通算受賞回数も三十回以上で全国ぶっちぎりなんだって。不利なのに何でそれだけ強いと思う？」

「え、何でやろ。その分独特の技術を持ってるとか？」

「ハズレー。その人いわく、高知県民のお酒に対する意地汚さがハンデを撥（は）ねのけてるんだって！」

　確かに高知県には酒豪が多いという話はよく聞く。女性でもどれほど嗜むのかと訊くと「ほんの少々」と返事をされ、それなら潰してちょっと、などと助平心を起こすと一向に潰れる気配がなく、「少々」とは「升々」をかけて「ほんの二升ほど」というオチだった——という話は有名すぎてもう全国区の笑い話かもしれない。

　酒への執着がハンデを撥ねのけてその実績、というのも嘘か本当か知らないがなかなかウィットに富んだ話である。

　しかし、征志にとっては素直に笑える話ではなかった。ユキが心底楽しそうにその話を披露したことがいじましく心に引っかかる。

　この年になってお互い過去に何もないわけはない、それでももしその相手がユキの特別な人で、今もそばにいるとしたら心穏やかではいられない。

「その高知の人って……会社の先輩とか？」

「うん。今も一緒に働いてるよ」

　これほど屈託なくその人のことを話せるということは、恋人だったとしたらよほどいい別れ方をしたのか。そんな相手が近くにいたらよりが戻る可能性は低くない。

　と、ユキがいたずらっぽく付け加えた。

「正に『ほんの少々』を地でいく先輩かな」

「……それ先に言ってぇや」

思わず脱力した征志の耳元で、携帯越しの声が「心配した？」と囁く。

「……不本意ながら」

「ごめんね。お陰様で安心しました」

何を安心したのか尋ねる前にユキは話を進めてしまった。

「そっちの部屋に呑みに行っていいのかな。小林だっけ？」

日取りはその週末、料理はホットプレートで鉄板焼き。段取りをぱたぱたっと決めて、ユキはおやすみの挨拶を残して電話を切った。


当日は念入りに掃除をし、約束の時間に駅までユキを迎えに行った。

駅前のスーパーで買い物を済ませて征志の部屋へと向かったが、途中で図書館の近くを通ったから大変だった。

「そういえば西図書館って小林にあったんだ！　征志くんってもしかして西と中央と両方利用して……!?」

「うん、まあ」

「ずるーい！」

「ずるいって、ユキかて逆瀬川やから一駅やん。こっちも利用できるやろ」

「でも逆瀬川からだと西と中央って路線が逆方向だから両方行くの手間だし！　私も部屋探すの小林にすればよかった！」

「ええやん、逆瀬その分便利やし。そこそこ大きい本屋もあるやん」

「確かにそれはいいんだけど……」

　そんなことを話しながら部屋に着き、征志はユキを招き入れた。

　日頃は物怖（ものお）じしないユキが、遠慮がちに部屋に上がったのが面白かった。緊張しているのか、きょときょとあちこち見回している。

「けっこうキレイにしてるんだね」

「今日は掃除したからかな。いつもはもうちょっと雑」

「でもこの台所は確かにきついねー」

　廊下にムリヤリ詰め込んだようなワンルーム特有の小さなシンクと、一つしかない電気コンロ。征志もほとんど使っておらず、友達を呼んで呑み会のときにはホットプレートやカートリッジ式コンロの出番になる。

　この条件を知ったユキがホットプレートで何か焼けばつまみになる鉄板焼きを提案したのだ。

言いつつユキは狭い台所で窮屈そうに野菜類を切りはじめた。

「わー、野菜足りてなさそう。今日野菜いっぱい食べなよね」

「コンビニでおにぎりとかさっきのスーパーで総菜とか」

「いつもごはんとかどうしてるの？」


待ち合わせは夕方に設定してあったので、支度が調うのは晩飯時になった。

ホットプレートで肉や野菜が焼けはじめ、いよいよ『桂月』の登場である。「わあっ」とユキから歓声が上がった。

「すごい、一升もあるんだ！　大事に呑もうね！」

ということはまた来るってことかな、それとも俺が部屋に行ってもええってことかな。征志としては微妙に計りかねる発言である。

最初の一杯から『桂月』という贅沢にユキは嬉しそうにグラスを傾けた。征志は初めて呑む酒だったが、確かにユキがはしゃぐほどのものである。

「二杯目いく？」

ユキは散々迷った様子で結局二杯目を呑み、三杯目はグラスに手で蓋をした。

「あとは最後の一杯に置いとく」

そんなわけで三杯目以降は適当に調達してきたビールなどに移行し、テレビを観ながらバカな話をし、――やがて時計の針が日付を越えた。

そのまま長針が進んでいくのを二人とも気づいていないようなふりで過ごす。

そして遠くから踏切の音が聞こえはじめた。先に鳴りはじめるのは――

「今鳴ってんの、ユキの終電やで」

何気なく教えると、ユキからも小さな声で「知ってる」と返事があった。

「泊まってくやろ」

「今から送るとか言われたら泣く」

そしてユキはグラスを持って立ち、台所へ行った。グラスをすすぐ水音、そして危なげのない足取りでまた部屋に戻ってくる。

「最後の一杯、もらう。そしたらお風呂借りる」

征志は三杯目の『桂月』をユキのグラスに注ぎ、ユキが返杯しようとしたのを止めた。

「やめとくわ。俺、ユキほど強くないし」

少し醒まそうとミネラルウォーターに切り替える。

ユキが三杯目を大事そうにちびちび舐めながら愚痴っぽい口調になった。

「征志くんは私とこういうふうになりたくないのかなと思って不安だった」

「いきなり何言い出すかな」

「だって何もしようとしないし」

「何かしてほしいなら隙作ってや。今かて足元ひとつふらついてないわ、いい酒呑む前にグラス洗うほど理性残ってるわ、これがいつもなら外で会ってるんやで。これからどっちかの家に行って何かしましょうみたいな誘いかけられへんわ。そっちも誘いやすい雰囲気出してくれな」

今日はもう帰さへんけど。ふて腐れたようにそう言うと、ユキはふふっと笑ってくうっと酒を呷(あお)った。

「ええんか、そんな安酒みたいに呷って」

「お風呂借りなきゃいけないから」

いい酒よりそっちが大事というのは、ユキとしては最大級の愛情表現かもしれなかった。

*

電車が鉄橋を渡ると宝塚音楽学校のおとぎの国のような建物が見えてくる。ベージュのレンガの外壁にオレンジ色の屋根が載って、デザインも洒脱(しゃだつ)だ。

カーブして宝塚の駅舎に入っていくところで、ユキがふらついて征志の腕に掴まった。こんなふうに躊躇なく征志を頼るようになったのもあのとき以来だ。

停車してドアが開いてから乗客が一斉に吐き出される。

その人混みの中に犬のケージがいい目印のおばあさんと孫を見つけ、征志とユキが手を振ると向こうも気づいて手を振った。二人は宝塚で降りると言っていた通り、下りの階段へ向かった。

征志とユキはホームの向かいに停まっている梅田行きの電車に乗り換えである。

そして、

宝塚駅

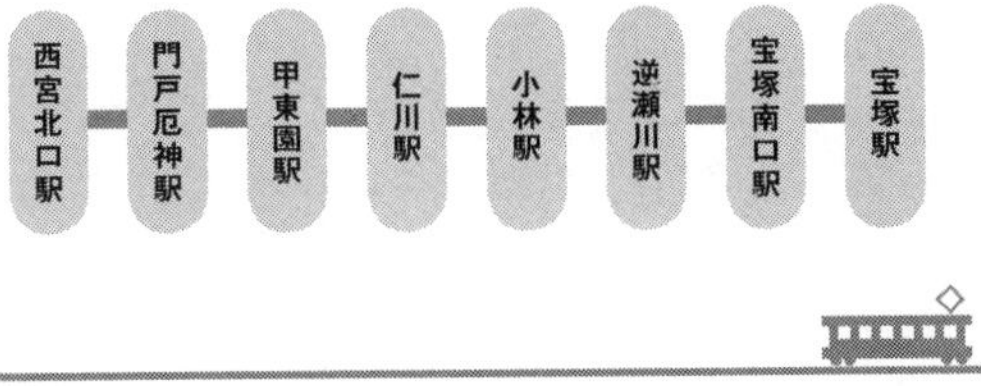

*

初めて二人で過ごした夜の後、いろんな話をしていろんなことが分かった。

征志はユキにいつも読みたい本や興味のある本をかっさらわれていると思っていたが、ユキも征志の選んだ本に興味を持っていたらしい。

いいなあ、どうやってあんな本探してくるんだろう。聞いてみたいなあ。

そう思っていたとのことで、勝手にライバル視して張り合っていた征志にはその素直さが痛い。


いつか話しかけてみたいと思ってたんだけど、変な女だと思われるかなって。

俺はいっつも借りたい本競り負けて悔しかったわ、競ってない本もええセンスしてたし。

じゃあ私のこと嫌いだった？

好みのタイプやからよけい悔しかった、って言わな分からんかな。

分かんない、私も好みのタイプだったけど悔しいとか思わなかったもん。電車が一緒になったときもラッキーって思って、何か話しかけるチャンスないかなって思って。

じゃあ乗り換えで俺の隣に座ったんはわざと？

うん。見せてみたかったの、あの中洲。

どうして？

あれ見て話に乗ってくれるような人だったら、きっとこの人のこと好きになるなぁって。

ああ、じゃあ俺みごとに釣られたなぁ。ありがとう。

どうして？

ユキが釣ってくれへんかったら、俺から釣りにいく勇気なかったから。ユキに畜生って思ってたんも「すっぱいぶどう」や。

でも電車降りて追いかけてきてくれたし。

だからそれが釣られたんや。


最初からお互い意識してたんなら嬉しいね、とユキは極めて平和的な結論を採択した。

＊

梅田行きの電車は普通電車のためか空（す）いていて、一駅だけだが征志とユキは席に座った。

出発までの待ち時間で征志はユキに訊いてみた。

「なあ。中洲の字、理由知りたい？」

今となってはもう字が流され、ただの中洲になってしまった特別な中洲。

征志は本当はそこに積み上げられた『生』の字の理由を知っている。ユキに教えられてから調べたのだ。

阪神淡路大震災からそれなりの年数が経過したということで、地域再生の願いを籠めて『生』の字を中洲にアートとして積み上げたものらしい。

一度補修され、二人が見かけたものは時期的にその補修後のものだ。

「ううん」

ユキはやはり初めて会ったときのように真相を拒否した。

「私にとっての意味はもう見つかったから」

「意味って？」

「私たちの縁結びの神様」

ユキはそう言って小さく手を合わせた。

最初の連想が何しろ生ビールである。本来のアートが持つ意味と比べてかなり突拍子がないが、とにかくユキが常に前向きにあの『イタズラ』を捉えていることは間違いなく、そして好意を持っていることも間違いない。

　そやから勘弁したってください。

　何の説明もなくいきなり中洲に横たわってた意味深な『生』の一字を粋な『イタズラ』やと彼女が思い込んだことも、それを俺らの縁結びの神様にしてしまうことも。

　だってそんなことを思う彼女が俺はかわいくて仕方がないので。

「ユキ、俺が西図書館も中央図書館も利用できてずるいって言うてたよな」

「あ、うん。今でもずるいと思ってるよー」

「やったらさ」

　縁結びの神様、中洲の神様。――俺にも彼女と同じ御利益をください。

「二人で小林に部屋探さへん？」

　ユキが目を瞠って征志を見上げた。

「……どうして？」

「んー、お互いまあええ年になってきたやん。ユキが独身主義ってわけじゃないならこれから先は考えることもあるやん。俺、結婚する前に同棲すんの賛成派やねん。別に相手の見極めつけようとか恐い意味やなくて。お互い違う環境で育ってきたんやから家のルールとか全然違うやろうし、そういうの何となくすり合わせていく意味で」

ユキ、見過ぎや。俺の顔に穴が開くで。征志は苦笑して頭を掻いた。

「そんですり合ったかなーって思ったところで結婚したらええ感じやと思わへん？」

ユキは俯いて征志の手をきゅっと握った。

「いい部屋が見つかるといいね」

ユキが答えた声に発車のアナウンスが重なり、征志からもユキの手を握り返した。

fin.

―あとがき―　この電車は回送になりますのでご乗車になれません。【文庫版】

今津線の沿線には未だに住んでいます。相変わらず使い勝手のいい街です。

読者さんからのお手紙で、「今津線に乗りに行きました」というご報告を受けることがあります。読み終わってからもフィールドワーク的に楽しんでいただくことが多いという風変わりな本になりました。

ちなみにその後、今津線のある駅でまたカワイイものを見つけました。ホームの立て看の裏をふと覗くと、上の切り通しから伸びたつる草が垂れ下がってまして。そのままだとホームまでだらりと届いてしまうつる草をくるくるたくし上げて紐で括ってありました。

いや、何というか、気持ちは分かるよね。「邪魔だけどすぐ刈っちゃうのもかわいそうだなー」って思ったんだね。という感じで和みました。

相変わらずいい味出してます。これ、執筆中に見つけてたら絶対書いてたな。

きっと『阪急電車』の登場人物もこういうカワイイものを見つけながら今津線を今日もうろちょろしていると思います。

ちなみに「西宮北口」は「ニシキタ」と呼ぶ読者さんと「キタグチ」と呼ぶ読者さんの

二派があります。
西宮北口の向こっかわ、阪神国道と今津はゴンちゃんに便の良さを語ってもらっただけになってしまってますがすみません。触れてないのは尺的な問題のほかに、ゴンちゃんが言ったのと同じ理由。地べた走ってる電車のほうが物語は動きやすいようです。

さて、文庫版もやはり愛すべき天然キャラ・大島加奈子担当女史とのコンビです。
単行本版のときのあとがきでプリンセス大島と散々からかってしまいましたが、今ではすっかりエース編集者です。しかし『阪急電車』を既読の初対面の方に「プリンセス大島です」と名乗って一笑い取るようなお茶目なところは相変わらずです。
面白いまんまでどんどん敏腕になっていくので、この子の最終到達点はどこになるのか実に興味深い。面白いところは変わらずにいてくれ。

文庫化でよりポケッタブルになった『阪急電車』ですが、お気軽にあなたのおさんぽやフィールドワークのお供にしていただけたら幸いです。

有川　浩

解説

児玉 清

さあ、この電車に乗りましょう。楽しい出逢いに満ちた阪急電車に！ それも今津線に！

面白い本が読みたくて、ねんがらねんじゅう本屋さんをウロウロしている僕にとって、有川浩さんぐらい有難くも嬉しい作家はいない。とにかくめっちゃ面白い本を書いてくれるからだ。しかも、ここが肝腎要なところだが、どの本もめっちゃ面白く、毎回その発想の妙と意表を衝くといった展開に驚き、新しい目を見開かされるばかりか、わかりやすい美しくも見事な独自の筆致でリズミカルにごく自然に物語の醍醐味を満喫させてくれる技の冴えにうっとりしてしまうのだ。となれば、そう、僕にとって有川さんは日々拝みたくなるようなエンターテインメント小説の神様みたいなものだ。

ということで、今回も期待に満ちてほんとうにわくわくしながら『阪急電車』の頁を開いたのだが、まず冒頭の一節を読んだだけで、もう舌なめずりするような喜び、面白さの予感にぶるぶるとふるえてしまった。電車はたいてい一人で乗っているのだが、乗っている間はなんとも中途半端な時間だ。あらかじめ乗ることがわかっているときは、乗車中に読書で時間を潰そうと本を持っているのだが、持ち合わせていないときは、なんとも目のやり場に困ることがある。じっと誰かを見つめる勇気もないし、かといってキョロキョロと視線を泳がせているのも不自然でおかしい。とまあ、そんな訳で所在のないときは目をつむって眠っているふりをしながら、頭の中でいろいろなことを考えようとしている。自意識過剰でバカバカしいと思うのだが、これも性格だから仕方がない。そう、その通り、人間は誰もが独自の性格を持っているのだ。有川さんはこのあたりの事情を最初の一文でずばりと切りこむ。「電車に一人で乗っている人は、大抵無表情でぼんやりしている。」（本文より）まさにその通り、読者は一瞬にして心を摑まれてしまう。

電車に乗っている間は、いわば人生のつなぎの時間なのだ。乗物に身を乗せて目的地までの時間は人間にとってなにやらエキストラ・タイムなのだ。ある意味で人生の無為の時間とも言える。つまり、所在なく自分の心を休業状態にしているときなのだ。だから、どうしても無表情でぼんやりした顔をしている。しかし、視点を別な角度にしてみると、乗物というのは運命共同体だ。乗客は期せずして身を寄せ合った仲間たちということもできる。アットランダムに身を寄せ合った人たち。いろんな人たちの集まりだ。しかも人間は一人一人誰もが自分の物語を背負って人生を生きている。物語と物語が一杯に詰っているのが乗物なのだ。いろいろな物語がぶつかり合えば当然、そこにまた新たな物語が生まれる。つまり、電車は時々刻々新たな物語を生み出す絶好の密室であり源泉でもあるのだ。

「阪急電車」といっても、この本の舞台となっているのは阪急今津線。宝塚駅から西宮北口駅までのたった八つの駅だ。時間でいえば片道わずか十五分そこそこ。往復時間を単純計算すれば約三十分だが、その間にどのような話が紡ぎ出されたのか、「宝塚駅」にはじまり、「宝塚南口駅」「逆瀬川駅」「小林駅」「仁川駅」「甲東園駅」「門戸厄神駅」「西宮北口駅」そして折り返し、この順序を逆に各駅を経て「宝塚駅」へと帰ってくる十六の物語で構成された連作短編集だ。

まるで駅や電車内で見かける路線図のような駅名だけの目次を見たとき、思わずあっと目を剝いたものだ。読者を驚かせるアイディアに長けた有川さんの茶目っ気たっぷりなお顔が見えるようで、楽しさにフッフッフッと笑いをもらした。

今津線を主人公にした物語に最初に登場する人物は征志。「その日、征志が宝塚駅から隣り合わせに座った女性は、征志の側から一方的に見覚えのある人だった。」勤め人となって五年目の征志が二週間に一度のペースで通う宝塚中央図書館。通いなれたその図書館で、まだ発売されて一ヶ月ほどの話題の新刊本を見つけ、やれ嬉しやラッキーと本に手を伸ばした瞬間、さっと横からかっさらわれたのだ。むっとしてかっさらった本人を見ると、若い女性でけっこう征志のタイプだ。文句を言えなくなってしまった征志。男は弱い、と作者は書く。

本に限らず似たようなケースは沢山ある。男なら誰もが経験することだ。このよう人生の機微をすっとつく、有川さんの小説の原点とも言える巧みなところだ。本を奪った女性はかっさらったなどと当然のごとく思ってもいない。手入れのいいロングヘアの彼女を一方的に観察している征志。どうも好みの作家や興味の傾向が似ているらしい。だから図書館で好みの本を借りようとすれば、当然ぶつかってしまう。先回りして先に手を伸ばさなければ負けてしまう。とあって、一方的にライバル意識に燃えている征志だが、彼女はまったく気が付いていない。しかも面白本の目利きは彼女の方が一枚上のようで、彼女の選んだ本に羨望の目を注ぐこともしばしばだ。その彼女と初めて電車で乗り合わせた。しかも隣の席に。ドキドキするよなぁ〜。年寄りの僕も思わず錆びた血が騒いだ。ああ青春とはこのことか。しかも征志の側へ顔を振り向けて車窓から外を眺めた彼女が何かを見つけて、あっと声を発し、征志に話しかけてきたのだ……。

さあ二人はこの先どうなるのか、「宝塚駅」を出発した阪急電車は、今津線の各駅に停車しながら乗客たちのエピソードを巧みに拾っていく。「宝塚南口駅」で乗ってきた翔子は純白のドレスを着ていた。婚約者を同僚に奪われたのに「討ち入り」のつもりで敢えて結婚式に乗り込む翔子。その彼女に「逆瀬川駅」で「討ち入り」なの？　と声をかけた老婦人時江。さらには折り返し駅の「西宮北口駅」でブランドバッグを放り投げて、座る寸前の女性客から席を奪おうとする派手なひらひらワンピースを着たおばさんの集団の話などなど、人間の心の機微を巧みに掬う、作家の目は鋭く見事だ。思い出すままにいくつかのエピソードを紹介したのだが、電車内もまさに現代社会の縮図、読みながら、時には微笑み、時には怒り、嘆き、また呵呵大笑してしまうこととなる。

観察眼の行き届いた鋭い目は、乗客を、車内の状況を、車窓からの風景を、各駅の雰囲気を自在にあますところなく拾っていく。そうした中で、心のうちにそれぞれの屈託や物語を抱えたユニークな人々がアットランダムにすれ違い行き合う。するとそこに新たなる物語が、エピソードが生まれる。読者もまた乗客の一人となった思いで目のあたりに展開する数々のエピソードを疑似体験する。それも隣に座っている人や、並んで立っている人の息遣いまで聞こえてくるようなリアリティとともに……。だから有川さんの小説は読みはじめたら面白さでどうにもとまらなくなる。

実は阪急電車の今津線には少々想い出がある。昔、もう四十数年前、東宝映画専属俳優だった僕は、当時盛んだったテレビ放映のための連続ドラマをフィルムで撮影するために宝塚撮影所に通い詰めになったことが何度かあった。宿は「宝塚南口駅」から武庫川沿いにちょっと下ったところにある日本式の旅館だったので自然と「宝塚南口駅」か「逆瀬川駅」を利用して頻繁に「西宮北口駅」へと出たものだ。なのでこの本を手にしたときの懐かしさと喜びは格別なものがあった。読んで喜びはさらにひろがった。

この本を読んで改めて心にしみたのは、この阪急今津線のなんともいえぬほのぼの感だ。太陽の明るさ、土地柄の持つおっとりした豊かさ、それでいて都会風で、宝塚歌劇団があるからなのか、おしゃれでロマンチックな香りもする。住んでいる人たちも洗練された人たちと小綺麗な人たちが多いようで、ギスギス感がない。

有川さんもこの周辺にお住まいだったことがあるようだが、この本に描き出されているすべてのことの精緻さに、常日頃この線を利用している人たちも、おそらくびっくりしたのではないだろうかと思う。有川さんの物語の素晴しさと面白さの根源のひとつがここにある。『塩の街』『クジラの彼』『空の中』「図書館戦争」シリーズに『三匹のおっさん』、僕の夢中になった、これらのどの本についても言えることだが、実に綿密に且つ緻密に、そして丹念に調べていることに驚嘆する。綿密な調査から常人なら気にもとめなかったり見過してしまう些細な点に刮目し、そこから発想の輪をひろげ、卓越した想像力と空想力を駆使して、ある意味で奇想天外とも思える超面白小説を構築する。よくぞ思いついてくれたといつも感嘆しきり、涙の出るほど嬉しくなって喝采する。研ぎ澄まされた目で抉り出したユニークな超のつく面白小説の数々も、丹念で綿密な調査と取材によって、しっかりと土台が築かれていることによってあると僕は考えている。

以前、ある雑誌のインタビュアーとして有川浩さんにお目にかかったときの話だが、印象的だったのは、〝私は典型的なノリで書くライブ派で、書いているときの私は、言ってみれば「透明なカメラ」なんです。〟という言葉だった。そして、もうひとつ深く僕の心を捉えたのは、〝魚屋さんが生きのいい魚をさばいて、造りや切り身をお客さんの前に並べるような感覚で、私も活字を扱っていきたいです。〟という言葉だった。

「透明なカメラ」「ノリで書くライブ派」さらには「新鮮なものを読者に」有川さんの言葉そのままに『阪急電車』が、いや、すべての小説が書かれていることがわかる。透明なカメラとなって有川さんは森羅万象を見つめ活写する。読者の心に火を灯し、明るく明るく熱く熱く強く強く燃やしていくノリのある筆力。鮮やかな語り口、斬れ味鋭い刃物で颯と切り取った題材。そうか、と深く心の中で頷いたものだ。が、ここで誤解してはならないのは、透明なカメラであると同時にカメラが捉えたものを物語として紡ぎ出すことのできる有川さんは、素晴しい感受性と智力を兼ね備えた女流作家であることだ。

理屈や難解な言い回しや気取りにどれほどの意味があろうか。かつて文学と称するものが構築した奇妙な壁を本能的に取り払い、現代社会の様々な断面を、人間の心が生み出す様々な軋轢を透徹した目と心で採取し、自然な筆致で生き生きと活写する。だから面白い。読者は心を奪われる。面白くなければ小説ではない、を地で行く作家有川浩は、まさしく現代社会を切り取る嬉しい本当の作家だと考えるのは僕だけであろうか。弾む会話を文章に取り込む絶妙な筆致、ユーモアとペーソス、偶然に行き交う人間同士から作者が紡ぎ出したエピソードは、笑いあり、感動あり、ちょっぴり涙あり、「宝塚駅」にはじまり、「西宮北口駅」で折り返し、最初の出発駅に戻ってきて「阪急電車」を降りたとき、読者のあなたは何を思うのだろうか。きっとほのぼのとした爽やかな気持ちで心が満たされたにちがいない。そう、有川作品は単純に超のつく面白さだけではない。正義と書いてしまうと、なんだかちゃんちゃらおかしくなってしまうのだが、まっとうなとか、物事を正す、といった、やっぱり正義感か、といったものが、いつも全編を、いや全作品を通じて太いパイプのように流れていることを決して忘れてはならない。

――俳優

この作品は二〇〇八年一月小社より刊行されたものです。

阪急電車（はんきゅうでんしゃ）

有川浩（ありかわひろ）

平成22年8月5日　初版発行

発行人——石原正康
編集人——永島賞二
発行所——株式会社幻冬舎
〒151-0051東京都渋谷区千駄ヶ谷4-9-7
電話　03(5411)6222(営業)
　　　03(5411)6211(編集)
振替00120-8-767643
印刷・製本——中央精版印刷株式会社
装丁者——高橋雅之

幻冬舎文庫

ISBN978-4-344-41513-3　C0193　あ-34-1